俳句の作りよう

高浜虚子

角川文庫
15810

かつてある人の言葉に「虚子の俳話は俗談平話のうちに俳諧《はいかい》の大乗を説くものなり」とあったことは我が意を得た言である。近時は平易にいってすむことを高遠めかしく説くことが流行である。私はそれに与《くみ》しない。大徳智識の法話に「仮名法語」なるものがある。婦女老幼にも判るようにと仏の大道を仮名交じりの俗談平話に説くのである。読者この書をもって俳諧の仮名法語として見られよ。

（ホトトギス大正二年十一月号以下掲載・虚子講述）

俳句の作りよう　目次

俳句の作りよう

一　まず十七字を並べること

　俳句を作ってみたいという考えがありながら、さてどういうふうにして手をつけ始めたらいいのか判らぬためについにその機会無しに過ぎる人がよほどあるようであります。私はそういうことを話す人にはいつも、

　何でもいいから十七字を並べてごらんなさい。

とお答えするのであります。

　中にはまた、俳句を作るがために参考書も二、三冊読んでみたし、句集も一、二冊読んでみたが、どうもまだどうして作ったらいいのか判らぬという人があります。そういう人には私は、

　どうでもいいからとにかく十七字を並べてごらんなさい。

とおすすめするのであります。何でもかまわん十七字を二、三句並べてみて、その添削を他に請うということが、俳句を作る第一歩であります。謡を習うのでも三味線を弾くのでもまず**皮切**をするということがその芸術に足を踏み入れる第一歩であります

が、実際はこの皮切がおっくうなために、句作の機会を見出《みいだ》しかねておる人が多いようであります。

とにかく十七字を並べてみるに限ります。けれども十七字を並べるというだけでは、漠然として拠《よ》り所がないかもしれません。それで私はとりあえずこうおすすめします。

「や」「かな」「けり」のうち一つを使ってごらんなさい、そうして左に一例として列記する四季のもののうち、どれか一つを詠んでごらんなさい。

元日　門松　萬歳　カルタ　松の内　紅梅　春雨　彼岸　春の山　猫の恋　時鳥《ほととぎす》　牡丹《ぼたん》　清水　五月雨　富士詣《もうで》　七夕　秋風　目白　椎《しい》の実　秋の暮　時雨《しぐれ》　掛乞《かけごい》　牡蠣《かき》　枯尾花　鐘冴《さ》ゆる

こう言ってもまだ諸君は、どんなふうに十七字にするのかちょっと見当がつかないのに困るかもしれません。そこで私は無造作にこれを十七字にするお手本をお見せしましょう。

元日やこの秋にある大嘗会《だいじょうえ》

これは大正三年の元日の心持で、三年の秋には大正天皇の御即位式がある、その目《め》出度《でた》い年だということを元日に特に思い浮かべたのであります。

門松を三十日《みそか》の夜に立てしかな

これはよく私の家で経験することであります。何事も遅れがちの私の家では、正月の設けというものも、とかく大三十日の晩ぐらいにするのであります。

萬歳の鼓もうたで帰りけり

萬歳は門にはいって来るといきなり鼓を打つのが癖でありますが、それが鼓を打たずに帰って行ったという、ある特別な事実を句にしたのであります。私の家ではかつて二匹も犬がいてよく吠《ほ》えたものですから、萬歳はいつもほうほうの体で帰りました。

下の句を読んで取る国のカルタかな

私の故郷の松山では下の句を読んで下の句を取ります。国というのは故国の意味であります。

松の内をはや舟に在りて浮びけり

私は来年は三ヶ日をすませてからちょっと松山に帰国しようと思っています。松の内は瀬戸内海に浮ぶわけであります。

紅梅や西《にし》御《み》門《かど》なる尼が宿

鎌倉《かまくら》の西御門には紀州の附家老《つけがろう》であった水野家の菩提《ぼだい》寺（尼寺）の高松寺《こうしょうじ》があります。そこには白梅も紅梅もあります。

春雨を吸ひ込む砂や浜屋敷

春雨に限らずいかなる大雨でも海岸近い砂地はぐんぐんと吸い込みます。今の私の家は水がたまって困るというようなことはありません。

頂の大きな松や春の山

鎌倉の源氏山の頂には大きな松が二本あります。

一匹は見えで鳴きけり猫の恋

一匹はちゃんと見えているが他の一匹は何処にいるか判らぬ。しかし鳴いているのはたしかに二匹であることを知っている場合であります。

時鳥鳴くといふ森の高さかな

この森で時鳥が鳴くと人に話されて見上げた場合であります。鎌倉でも八幡《はちまん》の森ではよく時鳥が鳴くそうであります。

潮風を恐るゝ庭の牡丹かな

これも鎌倉の実情であります。潮風さえ来ねば菊でも牡丹でも鎌倉はよくできます。一度潮風の激しいのが来たら最後すっかり駄目になってしまいます。

梶棒《かじぼう》を下ろして飲みし清水かな

かつて藤沢《ふじさわ》から車で帰った時であります。大仏の表の方に湧いている清水を、車夫はちょっと梶棒を下ろしてうまそうに飲みました。

床の間の古き壺《つぼ》やな五月雨

私は古い大きな壺を一つ床の間の隅に置いています。いつも置いているのでありますが、その素焼のよごれた壺は、五月雨の降る暗い日などことに心に入《し》みて眺められます。

富士詣一度せしといふ事が安堵《あんど》かな

これは信心のためというのではありません。ただ人のよくする富士詣ということを自分も十余年前に一度したことがあるということが、ひとつの安心であるというのであります。もし一度も登っていないと、人から富士詣の話を聞くたびにきっと厭迫《えんはく》を感じるに相違ありません。ひとり富士詣に限らず、たいがいのことは一度やってみると案外なものでありますが、一度もやらない間はなんだかそのことが大層なことのように考えられて、不安で、いつもその話が出るたびに一種の厭迫を感じるものであります。

七夕の悪しき色紙に俳句かな

七夕の色紙は年々悪くなるようです、藁紙《わらがみ》のそまつなのを見るといつも七夕というもののなつかしい感じまでが壊されそうになります。けれどもそれを忍んで俳句などを認《したた》めるところに淋《さび》しい満足があります。

淋しさや引越せし家の秋の風

転宅のしたてはどことなく家になじみが薄く落着かぬ心持のするものであります。同じ秋風でも吹き場所によって感じが違うのであります。

庭の木に来しは目白や浜日和

海岸の庭にも時々色鳥《いろどり》が来ます。色鳥というのは秋になると渡って来る毛色の美しい多くの小鳥のことであります。目白もその一つであります。山がかったところほどたくさんは来ませんが、天気のよい時など珍しく庭の木立に見出すことがあります。

椎《しい》の実を銀杏《いちょう》間近く拾ひけり

椎の木と銀杏の木と並んであるようなところで椎の実を拾った時の句と想像してください。これは神社の境内などで見るところで、その銀杏の落葉も黄色くその辺に散らばっていることは、自然に連想されることと思います。

独り謡ふ謡淋しや秋の暮

謡は独り謡うのは面白いものではありません。しかしいつもこちらの勝手な時に相手を見出《みいだ》し得るものではありませんから、やむを得ず独り謡うこともあります。そういうときはことに気乗がせず、秋の日暮の物淋しさが格別に感じられます。

五六匹の犬庭に来し時雨かな

時雨の降る頃の庭に、交尾期の犬が五、六匹もぞろぞろと来ることがあります。私はそういう犬を見るたびに哀れを覚えます。

掛乞《かけごい》の来てしまひたる三時かな

田舎の簡易な生活は掛乞の来るのさえ簡単です。東京の下町などで見るような、夜の十二時を過ぎてもなお提灯《ちょうちん》の火の出入りするような光景は、淋しい鎌倉の町などでは見ることはできません。午後三時ごろにはもうたいがいな掛乞は来てしまう年もあります。

牡蠣船や道頓堀をもどり足

道頓堀《どうとんぼり》に芝居などを見に行ったその帰り路《みち》に、ちょっと牡蠣船にはいって一杯やるようなことを想像したのであります。

満潮や枯《かれ》蘆《あし》交り枯尾花

滑川《なめりがわ》などにも見る光景であります。冬になると岸に生えている芒《すすき》も枯れ水中の蘆も枯れてちょいと見ると蘆も芒も同じもののように見えているところに、潮が満ちてくるとその枯蘆も浸り、折れて地に垂れている尾花の先も浸るような光景であります。

鐘冴ゆる第六天をもどりけり

今日の新聞は徳川慶喜《とくがわよしのぶ》公の薨去《こうきょ》を報じています。徳川公の本邸は小石川の第六天にあります。あの辺は、夜分などはさびしいところです。そこで第六天を思い出してこの句に使ったのであります。冬になって鐘の音も冴えて聞える夜、第六天のところを通って家路に帰りつつあるさびしい心持であります。

私は出まかせにこれらの句を作ってみました。少し俳句を作ったことのある人から見たら、あまりやりっ放し過ぎると言って非難されることと信じますが、俳句が決してむずかしいものでなく、無造作にできるものであることを明らかにするために、もっとも手近い例としてこういう句作を試みてみたのであります。いい句を作ってお目にかけたのではなく、無造作に作ってお目にかけたのです。もし今までおっくうに思われていた方々も、こういう実例を見て、それでは一つおれも試みてみようかという気になられたならば、結構なのであります。

季題の一例として私は二十五題を前に掲げたのでありますが、季題はまだこのほかにいくらでもあるのであります。それは季寄《きよせ》なり歳時記なりをごらんになったらすぐ判ります。

切字《きれじ》の一例としては「や」「かな」「けり」の三つを前に掲げて、私はこの三つの作例をお目に掛けたに過ぎませんが、切字もなおこのほかにいくらでもあります。それも古人なり今人《こんじん》なりの句集をごらんになったらすぐお判りになります。「俳句とはどんなものか」でも申し上げましたように、意味と調子との切れるために使われた動詞なり副詞なりが、たいがい切字として用いられるのであります。

この冬を髭《ひげ》たくはへて籠らんか　紅爐

袴《はかま》着てゆかしや人の冬籠　子規

冬籠仏壇の花枯れにけり　同

どうしても笑はぬ人と冬籠《ふゆごもり》　爛鳥

冬籠せんと故郷へ帰りけり　左衛門

冬籠我老いたりと思ひけり　牛伴

冬籠ある日鏡に眉《まゆ》老いぬ　曲骨

愚《ぐ》陀《だ》仏《ぶつ》は主人の名なり冬籠　漱石

野狐の鶏ねらふ霜夜かな　天涯
霜の夜や寂然《せきぜん》として敵の城　楽天
石蕗《つわ》の葉の霜に尿《しと》する小僧かな　子規
渡し場や下駄はいて乗る舟の霜　同
置く霜の白きを見れば草鞋《わらじ》かな　麦人

さてこう切字に印をつけてみると、私が前に一例として出した「や」「かな」「けり」の三つの切字が、比較的に多いことが明瞭《めいりょう》に証明されました。この三つは切字のうちでもっとも有力でまたもっとも多く使われるものであります。その他「か」「ぬ」「なり」の三つの切字のあることといま一つ「冬籠」という名詞に印のついているのに気がつかれましょう。これは冬籠が切字の作用をしているのであって、詳しく言えば「冬籠かな」というべき「かな」の二字が省略されて、冬籠がその切字の働きを兼ねているものと見てさしつかえないのであります。

ざくり〳〵踏み込む墓所の霜柱　李坪

この句の如きも「霜柱かな」の「かな」が略されたものと見てさしつかえないのでありまず。がまた都合によれば「踏み込むや」の「や」が略されたものと見てもさしつかえないのであります。否「や」の字を持ってくるまでもなく「む」の字を接続した言葉と見ず、ここで一応意味の終止したものと見れば「む」そのものが直ちに切字となるのであります。けれどもこれは主として意味の側からいうことで、調子の方から言えば「む」は持続する意味のものとし、霜柱の下に「かな」が略されているものとする方が至当かと考えられます。

なおこのほかに変わった切字のものをあげると、

山火事の天を焦《こが》して霜赤し　蒼苔
低く飛ぶ星あり今宵霜降らん　東雲
鶺鴒《せきれい》の尾にぞ霰《あられ》のはじかれし　蒼苔
橋に来てまたはら〱と霰散る　花牛堂
大いなる霰ころがりて縁に消えざる　虚子
玉霰忽《たちま》ち来り忽ち歇《や》む　楽天

京に入って霰に笠を叩かれつ　不迷

物思ふ窓を霰に叩かれき　不染

あられうつ石峨々《がが》として水急なり　霜磧

こんな類《たぐい》であります。すなわち普通の動詞副詞はたいがい切字となるのであります。――このことについては「俳句とはどんなものか」の「切字」の篇をご参照願いたいのであります。――だから前に掲げた「や」「かな」「けり」の三つでもよく、またその他のものでもようございますから、まず季題をつかまえて来て、それに切字を使って、それを十七字にしてみるということが、俳句の道にはいるためには第一の条件であります。私が前の作句の例に現在の住まっている土地である鎌倉やその他自分の身辺のことを主として取ったのは、材料は決して遠きに在るものでなく、きわめて手近いところに在ることを明らかにしたいがためでありました。何でも構わんこういうふうに句作に第一歩を踏み出してみさえすれば、やがてそろそろと「面白い句」「価値のある句」も作れるようになります。以上あげた私の句の如きは面白い句でも価値のある句でもありません。ただ俳句に第一歩を踏み入れるための実例としてお目にかけたのであります。

近来俳句についての拘束を打破してかかることを主張するものがありますが、詩壇には何の拘束もない別の天地のあることを忘れてはいけません。拘束のない自由の天地を喜ぶ人は広い詩壇にはいるのがよいではありませんか。比較的拘束の多い俳句の天地にはいって強いて拘束打破を称《とな》えるのは愚かなことであります。私は十七字、季題という拘束を喜んで俳句の天地におるものであります。この拘束あればこそ俳句の天地が存在するのであります。いったん俳句の門に入って後にはまた格に入って格を出《い》ずるの法もあります。狭いはずの十七字の天地が案外狭くなくって、仏者が芥子《けし》粒の中に三千大千世界を見出《みいだ》すようになるのであります。

二　題を箱でふせてその箱の上に上って天地乾坤を睨めまわすということ

俳句はどういうふうにして作ったらいいのか、といってたずねる人があったら、どうでもいいから作ってごらんなさいと、とりあえずお答えするのでありますが、それにしても何か頼るところがなければ作りようがないではないかと呟《つぶや》かれる人が多うございます。今回はそのたよるところのものを一つお話ししてみようと思います。たとえばここに「年玉」という一つの題を得て句を作るという時分に、どうしたら年玉の句ができるでしょうか。「年玉や」とか「年玉かな」と言ったところでどうもそれだけでは句にならん、何とか方法はないか、という時に、そこに大体二つの方法があると言ってさしつかえないと思います。

その方法をお話しする前に、とにかく年玉というものを考えてみることをおすすめいたします。というのは主として年玉についての過去の経験を考えてみるのであります。記憶を辿《たど》ってみるのであります。まず幼い時お年玉としてある人に貰《もら》った美しいカルタのことを思い出してみます。そのカルタは子供心に金の札のように見えたこと、そのカルタを初めて取った時の灯火の明るかったこと、その年玉をくれた若い叔母《おば》もその一座にあったこと、その時姉の貰ったお年玉は大きな手毬《てまり》であったこと、その手毬が縁に転がって行った時に拭《ふ》き込んである縁にその大きな丸い影法師の映ったこと、さてこのごろは貰うお年玉にもやるお年玉にも他の意味がつきまとって子供の時のような純粋な楽しい心持のないこと、ことに去年お年玉と言って何某《なにがし》のくれたものをつきかえした時の自分の心持、先方の態度、それらを回想してみるとおかしいような、さもしいような、腹立たしいようないろんな感情がこんがらがって起ってくること……そんなふうに年玉についてのさまざまな出来事なり感興なりをいろいろと思い出してみているうちに、ぼつぼつと俳句ができないこともないのであります。たとえば、

金札のやうなカルタやお年玉
年玉にもらひて取りしカルタかな
これ程の年玉は無きカルタかな
大いなる手毬なりけりお年玉
年玉をくれたる叔母の美しき

一年の義理を年玉に見せにけり
人の世や年玉さへも恐ろしき
年玉をうかと貰ひて困りけり
年玉を突きかへすこともする世かな

いくらでもできるでしょう。価値問題は別として、とにかく十七字の形を備えた俳句らしいものができぬことはないのであります。

が、しかし私のお話ししようと思う二つの方法というのは、いずれもこんな句よりはせめて一歩先に歩を進める方法なのであります。その方法は二つあるから、どちらか一つを取ってごらんなさいとおすすめしようというのであります。他の一つは次章にゆずり、その一つの方をお話ししようと思います。

昔芭蕉の弟子に許六《きょりく》という人がありました。その人が句作法としてこういうことを言っています。

ある題を得たならば、その題を箱でふせて自分はその箱の上に上り、天地乾坤《けんこん》を睨《ね》めまわすがよい。

これはどういう意味のことを言ったものかといいますと、こういうことになるのでありります。たとえば年玉の題を得て俳句を作ろうという時に、年玉〳〵といくら考えたっていい句ができるものではない、年玉〳〵と考えて思い浮かべることはたいがい十人が十人似寄ったことで、すでに先人の言い古したことか、そうでなくばとくに俳句にするほどの価値のないことである。そんなことではしょうがないから、好句を得る手段としてこういう方法を取るがいい、まず一応年玉のことは忘れてしまうがいい、年玉は箱でふせて、それは見ぬようにして、さて天地乾坤を見渡してみて何か別の面白いものを見出してこい、それは年玉〳〵と年玉に執着して考えていたのでは思いもつかないところの面白いものを必ず見出し得るからして、それをつかまえて年玉の句にするがいい、とこういうのであります。年玉のことを忘れてしまって年玉の句を作るというのはちょっと変なようですけれどもその実変なことではなく、こういう思想のめぐらしようもたしかにあるのであります。いま少し平ったく判りやすいようにいうと、つまりこういうことになるのであります。年玉のいい句を作るのには、あまり年玉に拘泥し過ぎていると動きがとれなくなってしまってつくりにくいから、それよりもいい配合物を求めるがいい、そうしてその配合物と年玉とを結びつけて句を作るがいい、とこういうのであります。

たとえば、年玉のことは一応忘れてしまって、いわゆる天地乾坤を睨めまわしますと、そこにはいろんなものが眼に映ります。

雪——この原稿を書いている日は十二月の十六日で雪が降っています。

泣声——どこやらで子供の泣声が聞こえます。これは目に映るのではなくて耳に響いているのであります。

地震——これは昨日の地震のことを思い出したのであります。

関寺小町《せきでらこまち》——これは座右にある謡本の中にこういう名前が見つかりました。

高——これは私の姓の上の一字が思い出されたのであります。

このほか、天井とか畳とか火鉢とかインキ壺《つぼ》とか目に触れるものは際限もなくありますが、まず仮に前に掲げた五つのものを取ってお話ししようと思います。

すなわちこの五つのものは年玉ということをまったく忘れてしまって、いわゆる天地乾坤を睨めまわしてとりあえずつかまえてきたところのものでありまして、これを年玉に配合して句にしようというのであります。

まず雪を配合してみましょう。雪と年玉とをどう配合したら句になるでしょう。雪の小家に誰かが年玉を持って来てくれたところでも想像してみましょうか。

年玉や雪の小家の床の上

年玉や雪の小家の夕まぐれ

雪の戸に喜びみちぬお年玉

次に三河屋の番頭といったようなものが、お年玉を配って歩いているところでも想像してみましょうか。

雪の戸に年玉を持ちはひりけり

年玉を雪に落して拾ひけり

年玉をくれて雪搔《か》いて帰りけり

そのほか何ということなしに雪と年玉との配合をやってみましょう。

年玉を貰ひて雪を眺めけり

年玉のほのかに暗し雪の窓

郵便の年玉嬉し雪の国

雪の幌を出て叔母が来ぬお年玉

年玉を貰ひぬ雪の庭伝ひ

雪はこのくらいにしておいて、次の泣声に移りましょう。

泣声のはたとまりぬお年玉

年玉をもらったために子供が泣き止んだというので、これは年玉と泣声との配合ならば誰でも一番に思いつくことでしょう。

張上げて泣いてやりけりお年玉

お年玉を貰ったからもう泣くのではない、などとすかされて、止めようかとも思ったが、何だか甘く見られるのが癪《しゃく》なので、いま一息声を張上げて泣いてみせるのであります。

泣声を聞きつゝ入るやお年玉

これは年玉を持ってある家へはいろうとすると、その年玉をやるはずの子の泣声が聞こえているというのであります。

次には地震に移りましょう。

年玉にゆるく地震《ないふ》る小家かな

これは年玉の床の間か簞笥《たんす》の上かに置いてあるのが、地震のために少し揺れるのをいったのであります。が、揺れるというのが眼目ではなく、小家ながらも春がきて年玉などが置かれてある、そこに軽い地震のあるということが、静かに淋《さび》しいような心持ちがする、そこを主として味わわなければなりません。

年玉は嬉し地震は恐ろしゝ

これは子供の心をいったので、元日なり二日なりに、年玉を貰ったということと地震のあったということの二つの出来事があった、そのほかにもいろいろ出来事はあったが、この嬉《うれ》しいことと恐ろしいこととの両極端の出来事が、深く子供の頭に印象されたのであります。

日の本は地震《ないふ》る国よお年玉

西洋ではクリスマスの贈物が盛んであるが日本は新年にお年玉の贈答が行われる。これは日本の風俗の一つだというに過ぎないのでありますが、その日本という国はまた地震国であるということがたまたま思い合わされて、日本はないふる国よといったのであります。

次に進行します。関寺小町というのは江州《こうしゆう》関寺の住僧が七夕の日に稚児《ちご》たちを連れて、その山陰に庵《いおり》を結んでおる小野小町のなれの果を訪《おとな》い、和歌の問答をし、やがて稚児たちに童舞《わらわまい》を舞わすと、小町も興に乗り、狂人走れば不狂人も走るということがある、妾《わらわ》も今の童舞に刺激されてひとさし舞おうと言ってついに舞を舞うというのが一篇の趣向であります。これと年玉とはなかなか容易に結び付けられそうにもありませんが、試みに一、二を試みてみせましょうならば、

関寺や浮世の人のお年玉

年玉の贈答などは浮世のことで、この関寺小町一篇に現れた天地などとは没交渉であるといったのであります。

小町には年玉よりも餅《もちい》かな

小町はもう乞食になっているのですから、年玉をやるよりも餅一切《ひときれ》でもやった方がよかろうというのであります。色気よりも食い気といったところであります。

次に移ります。高の字と年玉との結びつけは比較的楽だろうと思います。

年玉や高き賤しきおしなべて

身分の高いものも賤しいものも、おしなべて年玉のやりとりをするというのでありま す。

高々と水引かけぬお年玉

これは説明を要さないことと思います。

高砂の翁が許《もと》やお年玉

めでたく年取っている高砂の翁《おきな》とも見るべき人のもとに年玉をおくのであります。

背高なる乙《おと》娘《むすめ》やなお年玉

久しぶりにある家を訪《おとな》いて年玉などを贈ったのであるが、二番目の娘の子のまあ背の高いことと驚いたのであります。

年玉や高家《こうけ》邸《やしき》の表門

高家というのは例の吉良上野介のような役目で、公家《くげ》と武家との間に立って両者の交渉を掌《つかさど》る職務であるところから、自然賄賂《わいろ》を受ける機会も多くなる。ひとり上野介のみならず、職掌柄としておのずからそうなる、そのいかめしい表門を今ある一、二人が年玉を持ってはいりつつあるような光景であります。

こうやってでき上がった句と、前に年玉についてのただ古い知識や経験やをたどって作った句とをくらべてみると、少なくとも年玉ばかりを考えていたのでは思いもつかない趣向をこの配合法によって得るということだけは証明ができたことと考えるのであります。

こういう句作法は、感興とか感激とかをもととする方面の作家からいうと、まことにあきたらない句作法で、自分の脳裏から生まれ出たものでなく、何だか借り物らしい心持がすることと考えますが、それは必ずしもそうではないのであります。私の如きもこの種の句作法よりは次に述べる句作法の方を喜ぶものでありますが、それにしてもこの配合法を誤った句作法であるとする論者に向かっては、一言の弁護を費やさねばならぬのであります。

ちょっと考えると、材料は題の中からしぼり出したのでなく、外から拾ってきたのでありますが、しかしその材料と年玉との間における何らかの関係を見出《みいだ》すのはその人の頭であります。たとえば床を装飾するというような場合であっても、一個の掛軸と一個の置物とを持って来てその掛軸とその置物とをそこに並べる上に、すでにその人の趣味、人格は現れるのでありますから、まして年玉と、雪とか地震とかいうものを配合する場合に、その作者の頭脳の働くことは材料一切を頭の中からしぼり出した場合と決して径庭《けいてい》はないのであります。ただ異なるところは感興を土台にしてできた句は、まず感興が起って次に材料が選択されるのでありますが、この配合法によるものはまず材料を強いられて、その上で感興を誘発するのであります。要はいずれが感興の高度に達するかの問題であります。

二個のものを置いてその間に意味を見出すということは結局その両者をよく了解するということになるのであります。一歩を進めていえば、雪とか、地震とかいうものに逢着《ほうちゃく》せねば思い出せなかった年玉の意味を幸いにこの両者に逢着したことによって思い出し得たのであります。これをまた一方からいえば、年玉に逢着せねば思い出せなかった雪とか地震とかの意味を年玉に逢着したことによって思い出し得たのであります。すなわち借り物でもなく造りものでもないのであります。

この配合法の得は陳腐、平凡を避けやすいという点にあります。しかしながらその弊は身に沁《し》み込むような趣の深い句はどうしてもできにくいという点にあります。年玉というものの究極したる面白味は畢竟《ひっきょう》年玉そのものにあるのであって、雪にあるのでも地震にあるのでもない、なまじ雪や地震がでてくると感興の半ばはその方に取られて、年玉そのものの強い感じはそがれやすい、それがこの配合法の欠点であります。

三　じっと眺め入ること

芭蕉の弟子のうちでも許六《きょりく》という人は配合に重きを置いた人で、題に執着しないで、何でも配合物を見出してきて、それをその題にくっつける、という説を主張していることは前章に述べた通りでありますが、それと全然反対なのは去来《きょらい》であります。去来は配合などには重きを置かず、ある題の趣に深く深く考え入って、執着に執着を重ねて、その題の意味の中核を捕えてこねばやまぬという句作法を取ったようであります。

この後者の句作法の方をさらに二つに分けてみることができます。その一は目で見る方で、

じっと眺め入ること

であります。その二は、心で考える方で、

じっと案じ入ること

であります。

まずその「じっと眺め入ること」の方をお話ししましょう。

私はそれにつけ、昆虫についてのある話を思い出さずにはいられません。それは手許に本がないからはっきりしたことは申上げかねますが、何でも一本の薔薇《バラ》の木にいる昆虫の数をしらべてみると十数種になるとかいうような話でありました。それが単に甲の昆虫もいる、乙の昆虫もいるというように並べ立てただけでは興味がありませんが、たとえばまず初めになんとかいう虫がその薔薇の芯《しん》に寄生すると、その虫を食うために他の虫がまたその傍に寄生する、そうすると今度はまたその第二の虫を食うために蟻が茎を伝って登って行く、というようなことになり、そういう関係から際限もなく多くの昆虫の薔薇にいることが説明されていたのであります。

こういう科学的の研究はちょっと文学には関係のないことのようでありますが、その実研究の方法こそ違え文学者もまたこれに類した研究をすることによって、新しい文芸を産み出すのであります。わが俳句にあっても同じことで、科学者のように顕微鏡を用いたりメスを取ったりこそはしませんが、じっとものに眺め入って、今まで人の気のつかなかったあるものを捕えてこよう――発見してこよう――とする点には似寄った努力が費やされるのであります。同じく薔薇を見ているにしても、俳句を作る場合には、我等は一茎の薔薇にじっと目をやって、そこに我等と薔薇との間にいかなる神霊の交通があるか、自然――神――はいかなる不思議を我等に見せてくれるか、我等は精神を一所に集中して、じっとその薔薇と睨《にら》めっくらをしていることによって、文学上の新発見をすることができるのであります。

ゲーテが牡丹《ぼたん》の花か何かについて科学上の大発見をしたというような話もあるではありませんか。科学と文学とは大変な相違のあるもののようにも考えられますが、これはいわば青い電灯と赤い電灯との相違で、電気さえ通えば同時にぱっと灯のともるものかもしれないのであります。

この「じっと物に眺め入ること」によって新しい句を得ようとする努力を、写生といいます。

写生というと何でも目で見たものをそのままスケッチすればいいというふうに心得ている人がありますが、そうではありませぬ。

こういうふうに言ってきますと、去来が写生の大家のように聞こえて、あの主観的の句を作る人が大家かと怪しむ人が多いでしょう。去来という人はこの「じっと物に眺め入ること」の方にはあるいは長じていなかったかもしれません。その点においては「猿蓑《さるみの》」の選者として去来の兄弟分に当たる凡兆か、もしくはずっと下って天明時代の作家の方がより以上に適切かもしれないのであります。どちらかといえば去来は「じっと眺め入る人」ではなくて、「じっと案じ入る人」であったのであります。

この「じっと眺め入ること」と「じっと案じ入ること」とは、大きな隔てを置くべきものではないのであります。例の「配合」を生命とする句作法を一方に置いてみると、この両者はにわかに近よってきて、ほとんど両者は一体となって「配合法」と相対立するようになるのであります。「あるものを取って来て配合する」ということと、この「じっと眺め・案じ入る」ということとは、心の働きからいうと二大別として考えることができるのであります。

「じっと眺め入る」ということもやがては「じっと案じ入る」ということに落ちて行くのであります。が、ここにはかりに二つに分けて、その「じっと案じ入る」という方は後廻《あとまわ》しとし、「じっと眺め入ること」について私の経験談の一つを実例としてお話ししてみようと思います。

それは去年の春さき、ちょうど今ごろの時候でありました。病後であったために、よく鎌倉の谷々を散歩しました。ある時鎌倉神社の横手の二間幅ばかりの溝のところに立ち止まって、その溝の中をぼんやりと眺めていますと、こういう光景が目に映りました。

その溝には水は割合にたくさんありました。日光はその水の上に落ちて「春先らしい暖かさ」と、どこやらまだ風の寒い「春先らしい寒さ」とをみせていました。水の中には木ぎれのようなものも落ちていました。ゴミのようなものもところどころに浮いていました。けれどもそのわりに水は濁ってはいませんでした。ちょっと見ると水も赤っちゃけて見えましたが、それは比較的透明な水に底の方の赤っちゃけた泥がすいて見えるのでありました。

私はじっとそれを見ていました。冬のごとく着込んでいる背中には、少し汗ばもうかとするくらいの暖かさを感じるのでありましたが、それでも頬にあたる東風にはまだ遠い北の雪国を思わせるほどの寒さが残っておりました。春は来つつあるのであるが、どこやらまだそれは動揺していて頼りないところがある。一度その北の雪国を思わせる風が真北に変わって山の低みから吹き下ろして来たならば、この鎌倉の春は瞬く間に後もどりして、たちまちまた昨日の冬に逆転しそうな心細さがあるのでありましたが、ただこの溝の中にはそこに確実な春がありました。それはたとい北国の雪を思わせる朔風《さくふう》が落ちてきてもびくともしないというような、落ち着き払って、じっと澄ましこんだ大地の春がありました。……私はそんなことを考えてじっとその溝の中を覗《のぞ》きこんでいました。

その赤っちゃけた泥はポカポカと柔らかく、ものがちょっとでも触ればたちまち浮き上がりそうにみえていました。私は試みにひとつの小石を拾って投げ込んでみました。果たしてその泥は煙のように軽くその小石を中心にして浮き上がるのでありました。「春は地皮の下一分のところまで押し上げて来ているのだ」そんなふうに私は考えました。こういう時にいつでも思い出される「水温《ぬる》む」という季題のことを私はまた考えずにはいられませんでした。水温む！　それは空気が暖かになるために温むのだと考えるよりも、大地の下から押し上げてくる春の力によって温むのだと考える方が自然なように思われるのでありました。科学者ならばこんな不条理なことは考えないでありましょう。しかし文学者はこのような非科学的な考えをめぐらすことの上に何人にも求められない特権を持っています。

その時でありました、私がふとある大きな事実に逢着《ほうちゃく》しましたのは。

その事実というのはほかでもありませんでした。そこにゴミとも何ともつかぬ、混雑した中にどこか秩序のある、赤っちゃけた泥とちょっと見さかいのつかぬような色をした、やはり、一種の藻草——それはもうこの間の冬の寒さに無用の廃物となってもとの泥にもどろうとしているような藻草——があるあたりに、銭ほどの大きさの青い一つの葉が夢のように浮いていたことで、私はその冬の名残である廃物の藻草とこの新しく来るところの春のシンボルのような一枚の浮草の葉とを凝視したのでありました。

そこには続いて第二の事実が発見されたのであります。その古い藻草と新しい浮草とはまったく没交渉のものでありまして、一見したところではちょうど同じような場所に見えましたけれども、その浮葉には別に一つの茎が永く永く延びていて、それはその一かたまりの藻草の上を遥《はる》かにすべって、思わぬ方の、ずっと遠方の水底に根を下ろしていることが明白になったのであります。

私の心は何ということなく興奮してこの事実の上に興味を見出しまして、その葉から延びている細い長い茎をたずねて深い水底の泥の方に目をたどっているうちに、私はまた第三の事実に逢着したのであります。それはこの根から出た茎は私の初めに見出した一本ではなく、なおその他に数本の茎がその一本の根から放射状に出ていることで、それらは同じように長い茎をして、遥かな距離の水上にやはり一つ一つ銭ほどの葉を浮かべているのでありました。ちょっと水上ばかりを見ると、彼の葉とこの葉とはあまり離れているので、まったく別の根から出た水草としか思われないのでありましたが、それが一つの根から出たものであることに気がついてみると、なるほど、それはことごとくシンメトリーに幾何学的に置かれた浮標であるかのように、同じ距離を保って小さい葉を浮かべているのでありました。

この事実に逢着して私は飛び立つほどの嬉《うれ》しさを覚えました。自然は私にこういう事実を教えてくれたのだと思うと、じっとしていられないような心持がするのでありました。私は覚えずこういう句を作りました。

一つ根に離れ浮く葉や春の水

この句を立派な句だと自讃《じさん》するのではありませんが、かかる事情のもとに生まれ出た句であることを申し上げて「じっとものに眺め入る」上の句作法の一例として参考に供するのであります。

私が鎌倉神社の溝のところをしばしば通過したにしましても、この興奮した心をもって「じっと眺め入る」ことをしなかったならば、私はこれだけの発見をすることができず、したがってこの一句を作ることもできなかったことと考えられるのでありま す。

写生ということは、手帳と鉛筆とをもって野外を散歩すればいいくらいに心得てこの「じっと物に眺め入ること」を軽蔑《けいべつ》している人があるならば、決して正しい意味の写生をすることはできないのであります。

しかしながらこういうことをお話ししてくると、そういうことはある点まで修業を積んだ上でなければできないことだ、と言われる方があろうと思います。それもごもっともと考えます。そのため私はここにいま少し「写生」ということを卑近な方法として説明してみようと思います。

究極は「一つ根に離れ浮く葉」を発見するところに写生の目的はあるとしましても、なおその以前に前述の「溝の中の光景」を捕えることによっていくらでも写生句を作ることはできるのであります。私はまた無雑作に作るということを目的としてここに若干句を並べてみることにいたそうと思います。多くは前にのべた「溝の中の光景」を材料としますが、中には、前にはのべなかったけれども当時遭遇した事実もあります。

病起《びようき》（ママ）野に立てば水ぬるみけり

これは別に説明するまでもなく、病気でうち臥《ふ》していたのが大分よくなったので野に散歩に出た、おりふし水の温む時分であったというのであります。

温む水に動くものある目高かな

これは前にはのべませんでしたけれども、その溝の中にちらちらと動くものがあると思うと、それは目高が泳いでいるのでありました。

石投ぐれば浮み出る泥や春の水

これは前に申したこととそのままですから説明するまでもありません。

水温んでなほ腐る去年《こぞ》の藻草あり

これも同様であります。

水温むそれも地軸より来る力

これも同様であります。なんだか一種の力というものが地球の中心の地軸から来て、そのために水が温むような気がするのであります。

神近く澄める溝あり水温む

これも同様であります。とくに鎌倉神社近くの溝であるという点を言ったのであります。

この水の宮離るれば種井《たねい》かな

神社の傍にある間は同じ溝でも何となく格別な清浄な感じがする。しかしいったんこの流れが宮を離れるとそこはもう普通の畑の中の流れで、そこはやがて種井として籾種《もみたね》が浸されるというのであります。

宮近き畦《あぜ》を焼く子や禰宜《ねぎ》叱る

春になると山を焼いたり野を焼いたりするために焼山、焼野は春季になっております。畦を焼くのもやはり同じ種類に属せしめてよいのであります。神社近くの畦を焼く子を禰宜が出て来て叱るのであります。

　禰宜そこに現はれて話す椿かな

　鎌倉神社の禰宜は私の知人であります。溝を隔てた向こうの堤の上に禰宜が出て来て私と話をしたのであります。椿はそのほとりに咲いていたのであります。

　この禰宜の妻二日《ふつか》灸《きゆう》針《はり》供《く》養《よう》

　この禰宜の細君も私の知人であります。私は病中この人にお灸をすえてもらいました、また私の着物などもよく縫ってもらいました。この禰宜の細君はよくお灸をすえたりお針をしたりするということを幸いに、春季になっている二日灸、針供養の二つで表したのであります。

　摘草をすれば必ず来るところ

去年は病中であったためによく摘草などをして日を暮らしましたが、摘草をするとなるとよくこの辺にまいりました。

こういうふうにして、何事もその時逢着《ほうちゃく》した事実をもととして写生句を作ると、容易《たやす》く句作ができると思います。そうしてその中で比較的いい句かと覚えるのは前に申しました、「一つ根に」の句ぐらいなものだと存じます。

四　じっと案じ入ること

ちょっと見てすぐ句にするとか、ちょっと考えてすぐ句にするとかいうことは、言葉それ自身が表すように軽薄なことであります。句作をしようとする場合、物を見るには「じっと眺め入ること」が必要であるし、物を考えるには「じっと案じ入ること」が必要であります。「じっと眺め入ること」は前章にお話ししましたから今度は、

じっと案じ入ること

についてお話をしようと思います。

昔の俳句の大家はたいがいじっと案じ入った人であります。俳句などというものは当意即妙で頓知《とんち》さえあればできるもののごとく心得ている人がずいぶんありますが、そうではありません。むしろ頓知などという言葉とは反対に、一心にものに案じ入ることによってできるのであります。

芭蕉の弟子にはいろいろの人がありました。が、中でもっとも頓知というようなことに遠かった人は去来《きょらい》のように考えられます。この人の俳句を見るといかにも愚鈍ら

しいところがみえます。愚鈍といったところで、むしろいい意味の愚鈍でいやに才走ったところは少しもなく、実直な、鈍重な風格を備えているのであります。

近代人の句にはいかなる人の句にもこの鈍重の趣を欠いております。これは時代の相違もあることで、今の人に元禄時代の去来のような句を作れと言ったところでそれは無理かもしれませんが、しかしその鈍重の趣を欠く理由の一つにはこのじっと案じ入ることの修業が足りない点があります。

試みに去来の句を二、三句抜き出してきてこの辺の消息を少しお話ししてみましょう。

湖の水まさりけり五月雨　去来

これは去来の句といえば誰も第一に持ち出すほど有名な句でありますから、まずこの句について吟味してみましょう。句意はきわめて明白で五月雨の降るころ近江《おうみ》に行ってみると、あの広大な琵琶《びわ》湖の水が降り続く雨のために増しておった、というのであります。

ちょっとみるとただ事実をありのままに言ったものととれますが、しかしよくみると、この句には去来のじっと案じ入った心のあとが力強く印象されています。そのことを明らかにするために私は自分の句を引合に出します。

私が書生時代神田の下宿にいるときのことでした。

ふと下宿屋の庭先に置かれてあった「へご鉢」を見まするとおりふしの雨で、そのへご鉢の水が溢《あふ》れんばかりの水嵩《みずかさ》に増しておりました。

そこで私はこの去来の句を想起して、それを脱胎して、

へご鉢の水まさりけり五月雨

という句を作りました。私はただ去来の句から思いついた、いわゆる「思いつき」の句としてもとよりこの句に重きをおかなかったのでありますが、そのころはあたかも写生ということに着眼し始めた時代でありましたところから、去来の句よりもこの句の方が写生的でいい、むしろ本当だ、というような批評もあったくらいでありました。しかし今見てもつまらぬ句で一噱《きゃく》に値しないのでありますが、去来の句を解釈する上に便宜なために引合に出してみましょう。

五月雨が降ったためにへご鉢の水が増した、という光景はきわめて的確な目前の事

実であります。どの辺まであった水がどの辺まで増したということまで的確な事実でありますが、周回七十何里という琵琶湖の水はたとい五月雨が何日降り続こうとも、どれだけ増したということは、そう的確に目に見えるものではない。瀬田《せた》川に落ちる水の嵩が高くなったとか、岸辺の水がいくらばかり多く草を浸すようになったとかいうような事実は決して皆無とは申されませんが、「へご鉢の水がこんなに増した」というほど明確な印象を人の頭に与えはいたしません。ただ湖面を眺めた刹那《せつな》の感じは雨が濛々《もうもう》と降っておるとか、水が濁ったように見えるとかいう方がむしろ強くって、決して湖水の水嵩が高まったというような感じはそう強いものとは考えられません。あるいは去来が平生湖水の水嵩を熟知していて、ある湖辺の石垣のこの辺まで水が来るようになったのは湖の水が増したのだと、事実を的確に目撃してこの句を作ったのだ、というような解釈も下せぬことはありませんが、しかしそれはむしろ近代的の解釈でありまして、元禄の去来は、ただぼんやりと広漠たる湖上に眺め入って、同時に降り続くこのごろの五月雨のことに案じ入って、「こう降ってはこの湖水の水も増すであろう」と考え、そう思って見るともう湖面の水が一尺も二尺も膨れ上がっているように感じられ、その時去来は、

湖の水まさりけり五月雨

というこの句を得たものであろう、とこう考えるのであります。私はへご鉢の水の増しておるのを見て無造作に「へご鉢の水まさりけり」と申しましたが、去来のは広大な湖水の趣や、降り続く五月雨の趣やにじっと案じ入って、去来の心が湖水のごとく広大に、また五月雨のごとく荘重に引き締められて、だいぶ心の上の鋳冶《ちゅうや》を経てこの句はできたものと考えられるのであります。

この句は「じっと案じ入って」できた句とも、また「じっと眺め入って」できた句とも申されます。「じっと眺め入る」ということもやがては「じっと案じ入る」ということになるのであって、それを截然《せつぜん》と切り離して考えるということはむしろできがたいというのが本当なのです。彼の

尾頭の心もとなき海鼠《なまこ》かな　去来

という句のごときも去来がじっと海鼠の形に眺め入って、いかにもどちらが頭やら尾やら判らぬ妙な形をしたものだと考えてこの句を作ったのでありますが、しかしいく

ら「じっと眺め入った」にしましても、去来のような落着いた沈んだ心の働きを有しておる人でなかったら、決してこういう重々しい調子の滑稽《こっけい》句はできないだろうと思います。去来は「じっと物に眺め入りながら、じっと物に案じ入った」人で、この海鼠の句を作るにつけても必ず深く海鼠の趣に案じ入って、海鼠の趣を丹田《たんでん》の下で考えて作ったものであろうと思います。

秋風や白木の弓に弦《つる》張らん　去来

この句意は、時候が秋になって、蕭条《しょうじょう》たる秋風の吹くころ、いでや白木で何の装飾もしていない弓に弦を張ってみよう、というのであります。この句こそ去来が深く深く秋風の趣に案じ入った句で、秋風の吹くころになると身も心も引き締まってくる、夏の間は茂っていた木の葉もやがてはこの風によって凋落《ちょうらく》する、芭蕉の梢《こずえ》に秋声を起こすのもこの風、すべて人生に寂滅の第一義を暗示するものはこの秋風である。人はこの秋の哀れに心を痛ませるが、しかしまた同時に春から夏にかけてだらけきっていた心身が驚かされたように引き締まってくる、去来はそこの趣に深く深く案じ入って、いでさらば我は白木の真弓に弦を張って今までのだらけ切った心を取り直し、

久しく打ち捨てていた武士の心を取り戻そうというのであります。去来はもと武士であったのが、

鴨なくや弓矢を棄て丶十余年　去来

というように家を弟にゆずって武士の道を棄てた人でありますから、自然こういう考えも浮かんだのでありましょう。なにゆえ白木の弓といったかというに、これも秋風そのものの性質からきた感じで、春風の濃艶《のうえん》で赤や青やくさぐさの色を連想するのと反対に、秋風は白々として何の色もない感じがする、そこから同じ弓でも中で色も飾りもない白木の弓を取り出してきたのであります。「弦を張ろう」というのは心の緊張した有様をそのままに具体化せんとした言葉で、去来が深く深く案じ入った結果、秋風と去来の心と純一無二の境に立ち、その心持を何とかして現そうとしてこの「白木の弓に弦張らん」ということをもってシンボライズしたものであります。

私はぜひ諸君がこのへんまで歩を進めて句作されんことを希望するのであります。そういう私のごときもとかくここまでは歩が進まずに手近いところですます癖があっていけないのでありますが、しかしこころざしはこういう辺に存しています。

例によって私は何かある題についてこの案じ入って句作する自分の例証をご覧にいれなければならぬのでありますが、しかしこれはそう容易にできることではありませんから、この去来の秋風の句にちなみ、私の古い秋風の句のうちで比較的「案じ入った」句について自解を試み、責をふさぐことにいたしましょう。

秋風や眼中のもの皆俳句

これは当たり前だという人と、気取り過ぎているという人と両方があろうと思います。しかし私自身では忘れることのできぬある境地であります。明治三十六年松山に帰省したついでに近在の荏原《えばら》村という所に遊びに行ったことがありました。その時はある田舎の寺で俳句会がありまして、秋風という題で句作しました。非常によく晴れたいい天気の日で、すぐ目前に聳《そび》えている山の皺《しわ》までが手に取るように見える日であるりました。私は秋風という題に案じ入っているとその時、目の前のものがことごとく皆俳句であるような感じがしました。このときは物々が皆生きて、それが皆俳句そのものであるようなきわめて玲瓏《れいろう》透徹な感じがして、とりあえずその心持を言い表したのが、この句であります。

秋風やいつ迄逢はぬ野路《のじ》二つ

これは明治三十八年の句で、私は秋風というもののある趣に案じ入った時この句はできたのであります。ここにほとんど併行している野路が二つあって、それがしばらく行っても容易に出逢《であ》わない、この二つの野路はいつまで逢わずにいるのであろう、とそういうところに秋風の趣が見出《みいだ》されるのであります。その道とこの道、同じ方向に進んでおる二つの野路であるのに、それが容易に出逢いそうもない、ということは、かつて「二つの併行する直線は無辺空際《むへんくうざい》まで行っても出逢わない」という話を聞いた時のように、その二つの野路がいつまで行っても出逢わぬという点に私の心はさびしく躍るのでありまして、それがまたあたかも秋風のある淋《さび》し味としっくりとはまるのであります。こう解釈してゆくと自讃《じさん》するように聞こえますが、ただ私のこの句をなすに至った道程だけをお話しいたすのであります。

秋風や酔を為《な》さずに人歓語《かんご》

この句以下は皆明治四十一年の句であります。酔を為して歓語するのは人間の常態でありますが、しかしいくら飲んでも酔えぬという時が往々にしてあるものでありま す。何か心に憂を蔵する時はいくら酔おうと思っても酔えないものであります。「酔を為さずに」というのはわざと酔を為さぬのではなく、酔を為そうとして為すことができないのであります。さて酔を為すことができながらもなお黙って沈んでいることをせずに愉快そうに話をしている、そのなまじいに沈んでおられずに愉快そうに話しておるところにある悲しい趣を見出すのであります。それが蕭条としてなおどこかに明るいところのある秋風と共通の感じを持っておるのであります。

生涯に二度ある悔や秋の風

あることについていたく後悔をした時に、ああこの後悔はすでに若い時に一度やったことのあるものであって、これで生涯に二度あることになった、とそういう感じを起すところに秋風の趣を見出したのであります。反言すれば秋風の趣に案じ入っているうちにこの人事に想到したのであります。

我が身に腸《はらわた》無しや秋の風

ふと考えてみると何だか自分の体は腸がないがらん洞のような感じがする、というのであります。

勝ちほこる心の罅《ひび》や秋の風

私は今まで幾度か他に対する自分の勝利を謳歌《おうか》しました。しかし勝ち誇るその瞬間の心にはもう罅が入っています。私は秋風の趣をたずねてまたこういうことに想到したのであります。

五　埋字（一）

かりそめにも俳句を作る以上は古人のやらなかった境地に足を踏み入れなければ駄目だ、とこういう議論に私は反対いたしません。けれどもそれは初めただ一生懸命にやっているうちに、自分も予測しなかったほど心眼が明らかになってきて、今までほとんど意識せずにやってきたことがすでに古人の範疇《はんちゅう》を脱して、一境地をひらいておったというようなのがいいのでありまして、鈍根《どんこん》はいくらやるつもりでかかって何もできないで終るのであります。そうでありますから決して初めから大望を起こさずに、藤吉郎時代には必ずしも太閤《たいこう》様になる気ではなかったと同じように、おもむろに気永く修業する覚悟でやることが大切だと私は考えます。早く一機軸を出そうなどとしてあせることや、強いて人目に立つような新しい試みをしようとしたりすることが、決して本当の新境地をひらくゆえんではありません。急がず騒がず大道を歩いてゆく心がけが肝要であります。

だと申してまた、弛緩《しかん》した心でいて、俳句は古くてもいいのだ、どうでも十七字さえ並べておれば進歩しなくてもいいのだというような暢気《のんき》過ぎた心持でいても困ったものであります。そういう心持でいては古人のやらなかった境地に足を踏み入れるどころか、とても句に興味を見出すことすらできないだろうと思います。ただ前条に私の申したことは、そういう弛緩した心持でいよというのではなく、はじめから個人性の発揮されたものでなけりゃならぬとか、斬新《ざんしん》なものでなけりゃならぬとか、そういう無理な注文をして奇怪な句を作るようなことをせず、おもむろに、確実に、その人相応の力をこめて、沈着な心持で、急がず騒がず勉強することをすすめるのであります。そうすれば個人性は出すまいとしても自然に出ます。清新な句ももとめずともできます。ゆめゆめ近道をしようとして荊棘《けいきょく》にひっかかることをしてはなりません。私が卑近な平易な句作法をお話しいたしたことは、晦渋《かいじゅう》な迂遠《うえん》な俳論をして諸君を一夜作りの大家にするよりも、諸君の良友をもって自らを任じておるゆえんだと考えるのであります。

三《み》河島村《かわしまむら》には三河島菜が土をはみ出しています。

木枯に三河島菜の葉張りかな　子規

という句はその光景を写生したものであります。その菜畑の間の迂曲した道を歩いていますと、茶の花が咲いている広い庭をもった百姓家が何軒かあります。その百姓家の前を通り抜けるとあまり大きくない枯木の森があります。その森にはいった時でした、

「清さん。」

と子規居士《こじ》は振りかえりました。

「何ぞな。」と私は居士の顔を見つめました。今までは写生句を作ることが唯一の目的で、二人は手帳を出してはできた句を書きつけ書きつけしてほとんど無言で歩いておったのであります。

『鍋《なべ》提げて』という上五字があるとしてその下に十二字をくっつけてごらん。どうでもいいから、冬の季でも春の季でもかまわん。まあ作ってごらん。

私は何故に突然そういうことを子規居士が言い出したかということに疑問を抱きながらも、そのすすめに従っていろいろと考えてみました。『鍋提げて』ということは

随分格段な場合であります。鍋ながら座敷に御馳走《ちそう》を持ってゆくとか、鍋を洗いに裏の井戸端に行くとかいう場面を考えてみましたが、いろいろ考えて句にならぬ末、ふと最前から目についていた、向こうの田に田螺《たにし》を掘っているのであろう、二、三人の女が泥の中に足を突っ込んで腰をかがめている、その光景とその事情とが何だか離すことのできない一つの事実のように考えられて、

鍋提げて田螺掘るなり町外れ

とこういう句を作って居士に話しますと、何故そういう注文をしたかということについて居士は説明しました。居士は手帳の他に手に一冊の古俳書を持っておりました。それはたしか闌更《らんこう》の句であったかと記憶します。

鍋提げて淀《よど》の小橋を雪の人

居士はこの句を示しまして、

「その初めの五字を取った『鍋提げて』なんかちょっと思いもよらん言葉のように思われるけれど、こういうふうに句になるところをみるとそう不自然にも思われん。こ

の句はおおかた写生句だろうと思う。実際淀の小橋を鍋提げて通りつつあったのを見て作ったものであろう。けれどもその初五字の『鍋提げて』だけを抜き出してきてみると、ちょっと尋常でない言葉のように思える。お前の句にしたところで、『田螺掘るなり町外れ』だけでは平凡だが、その前に『鍋提げて』と置いてあるためちょっと変わった句になっておる」

こんなことを話して居士は笑いました。私もこのことに興味を覚えて、それからつづけさまに、写生のことはそっちのけにして、その日はこの種の句作のみに耽《ふけ》りました。あるいは上五字と下五字とを聞いて中七字を案じたり、上十二字を聞いて下五字を案じたり、下十二字を聞いて上五字を案じたりしました。それは多くの場合けっして原句よりもいい句はできませんでしたが、それでもとても普通の句作では思いもつかぬ意外な言葉を見出したり、また意外な辺に考えが飛んだりして、句作の修練の上には得るところが多ございました。ことに古人の、句を作る上に決して一言半句をもいやしくもしていないということが、それらによっても証明されました。もし古人の措辞が十分の推敲《すいこう》を経ていないものであったら、中には古人の句よりもいい句ができる場合もありそうなものでありますが、それはほとんど絶無であったのであります。

たとえば、

大名をとめて○○○の月夜かな

この欠字になっているところになんでもいいから植物の名前で埋めてみよ、ということであって、私はいろいろの植物をもってきましたが、居士は、どうしても大名らしいという点から原句に及ばぬ、もっと考えてみよ、といって承知しませんでした。そうして私の言ったうちでは比較的「牡丹《ぼたん》」「芭蕉《ばしよう》」などがその感じに近いところがあると言いました。

大名をとめて牡丹の月夜かな
大名をとめて芭蕉の月夜かな

それからもう一歩一歩と大名にふさわしい植物を尋ねて行きましたが、どうしても考えがつきませんでした。とうとう最後にそれは「蘇鉄《そてつ》」であると聞いた時になるほど蘇鉄でなけりゃならぬ、たしかにそれは動かぬところである、とつくづく感心したことでありました。

大名をとめて蘇鉄の月夜かな　田福《でんぷく》

蘇鉄は厳として磐石《ばんじやく》の如く動きません。

私は今回は以上のべたような句作法によって、句作法というよりはこういう研究法を積んで、古句の意味、あるいはその作句上の苦心のあとを十分にさぐり、それを自分の句作に応用することをおすすめするのであります。またそれが、前の『鍋提げて』の句の如く、上五字を借用するに過ぎないというような場合にあっては、――全然その意味を脱化さえすれば――その句は自己の句として記録に残しておいてもさしつかえないと考えるのであります。これはちょうど我等が初めて漢詩を作る時分に詩《し》語粋金《ごすいきん》というような本をみたり、和歌を作る時分に「麓《ふもと》の塵」というような本を見たりして、文字を拾ってくるのと類似したやり口ともいえますが、ただ死語を並べて表面だけその形になればたくさんだという堕落時代の漢詩や和歌の真似をしろというのではありません。そういうふうに考えては大変な間違いになります。思想、内容はもちろんその人特有のものでなけりゃなりません。ただその借用し来るところの五字が、

その作者の思想を暗やみから明るみに引出してくる動機になればいいのであります。

いま少し詳しくいえば、そこに外物の刺激を受けない限りは、重く下に沈んでいて、ほとんど死んでしまっていて、無に等しいところの思想が、その借用した五字の刺激によって、そろそろと微動を試み始め、ついには潑剌《はつらつ》として生動し来るのであります。

私はここに左の問題を出しておきますから、志のある人はこれに応じてめいめいの作を寄せてごらんになったらよかろうと思います。

大蟻の○○○○○○暑さかな

右の句の中七字を埋めること。たとえ原句を知りおる人も原句と違う文字を埋めてみるべし。

蟻の道○○○○○より続きけり

右の句の欠字を埋めること。注意前句と同様。

生きて世に…………

右上五字として、その他は自由に句作すべし。注意前句と同様。

六　埋字（二）

大蟻の○○○○○○○暑さかな

この句の中七字を埋めることについて六十余通の答案を得ましたから、それについていささかお話しいたしてみようと思います。

まず一番に多いのは「登る」とか「這《は》ふ」とかいうような蟻の単純な運動を表した句で、

大蟻の石垣のぼる暑さかな　天涯
〃〃〃張り板登る〃〃〃〃　白峰
〃〃〃銀杏に登る〃〃〃〃　紫牛
〃〃〃枯木に登る〃〃〃〃　楽山
〃〃〃庭木に登る〃〃〃〃　寒江

ゝゝゝ脛《すね》這ひ登るゝゝゝゝ　千岳

ゝゝゝ白《はく》塔《とう》よづるゝゝゝゝ　芙峰

ゝゝゝ穴に這ひ行くゝゝゝゝ　痴朗

ゝゝゝ石垣を這ふゝゝゝゝ　その女

ゝゝゝ甍《いらか》這ひ居るゝゝゝゝ　佛座草

ゝゝゝ廃寺歩むゝゝゝゝ　重太郎

ゝゝゝ飛石歩むゝゝゝゝ　巨雨

ゝゝゝ壁這ひまはるゝゝゝゝ　董雨

ゝゝゝ河原を渡るゝゝゝゝ　半閑

ゝゝゝ砂山たどるゝゝゝゝ　呑天

ゝゝゝ岩陰伝ふゝゝゝゝ　露新

ゝゝゝ庭をうろつくゝゝゝゝ　正光

ゝゝゝ垣根往《ゆ》き来すゝゝゝゝ　呂柏

ゝゝゝ塔を上下すゝゝゝゝ　弓山

ゝゝゝ二階を襲ふゝゝゝゝ　利吉

〻〻〻集まりてゐる〻〻〻〻　蛤涯生
〻〻〻行列つくる〻〻〻〻　松月

の類《たぐい》でありますが。原句もやはりこの種類に属するものではありますが、いささか異なっているところがあります。それはあとでのべます。

次に多いのは蟻の食物を引くこと、巣を作ること、戦うことなどを叙したものでありまして、

大蟻の餌を運び行く暑さかな　昌東
〻〻〻蜻蛉《とんぼ》引き行く〻〻〻〻　青楓
〻〻〻蚯蚓《みみず》引き行く〻〻〻〻　佳村
〻〻〻毛虫引き行く〻〻〻〻　迂作
〻〻〻死《しに》蟬《せみ》を引く〻〻〻〻　梅堂
〻〻〻地虫曳き去る〻〻〻〻　百合王
〻〻〻傷《きず》蟬《ぜみ》あさる〻〻〻〻　政女

ヽヽヽ菓子引く様のヽヽヽヽ　清
ヽヽヽ虫引く路次《ろじ》のヽヽヽヽ　尖子
ヽヽヽ木の芽喰ひ居るヽヽヽヽ　一太郎
ヽヽヽ蚯蚓にたかるヽヽヽヽ　江東生
ヽヽヽ大《おお》餌《え》に群《むれ》るヽヽヽヽ　伴月
ヽヽヽ瓜に群《むらが》るヽヽヽヽ　啓生
ヽヽヽ粒さし上げてヽヽヽヽ　香雨生
ヽヽヽ群れて働くヽヽヽヽ　十芽生
ヽヽヽ友呼びに行くヽヽヽヽ　鬼門堂
ヽヽヽ土《つち》塊《くれ》運ぶヽヽヽヽ　行々子
ヽヽヽ群れて戦ふヽヽヽヽ　鋸山
ヽヽヽ戦《たたかい》二合のヽヽヽヽ　牧人
ヽヽヽ斥候忙しヽヽヽヽ　蘆子
ヽヽヽ骸《から》運ばざるヽヽヽヽ　享夫

の類であります。次に多いのは「暑さ」という字に特に重きをおいた句であります。いままでの句でも暑さを閑却しているわけではありませんが、その蟻の行動や勤労の有様をそのままに叙して、ただそれが暑い日向《ひなた》の光景であるために「暑さかな」と言ったのに過ぎないという程度のものでありますが、次にのべるところのものは暑いために蟻がこうしたというような、暑さに重きをおいた着想になっています。すなわち、

大蟻の草にかくれし暑さかな　秋光
〻〻〻道も絶えたる〻〻〻〻　陽洲
〻〻〻地べた急げる〻〻〻〻　一水
〻〻〻草鞋《わらじ》に眠る〻〻〻〻　吟波
〻〻〻野路に遅々たる〻〻〻〻　敝逸
〻〻〻黒く痩せたる〻〻〻〻　柳渓
〻〻〻石に嚙みつく〻〻〻〻　思桂
〻〻〻糧道遠き〻〻〻〻　松渓
〻〻〻土手に思案の〻〻〻〻　夢憧

ゝゝゝ日陰をたどるゝゝゝゝ　南湖
ゝゝゝ木陰にはひるゝゝゝゝ　壽満子
ゝゝゝ梧桐をめざすゝゝゝゝ　楓紅女
ゝゝゝ穴にかけ込むゝゝゝゝ　藤尾

の類でありまして、蟻そのものの感じというよりも人間が蟻になり代わった感じになっています。

たいがいのものは以上三類中にはいってしまいましたが、ここにはその三類中に入れることのできぬものを少し残しました。それは、

大蟻の呪文雲呼ぶ暑さかな　時綱
ゝゝつく脂《やに》に松の暑さかな　神櫻
ゝゝ泉にもがく暑さかな　喜笛

の三句であります。

「呪文雲呼ぶ」というのはどういうことを言ったのでしょう。修行者などが呪文を唱えて雨乞《あまごい》をしているそばを大蟻が言《は》っているものとしては句法がそれらしくありませんし、また句法に従って大蟻が呪文を唱えて雲を呼ぶものとしては少し突飛すぎるので、この句の意味は私には判らないのであります。

「つく脂に松の」という句は、「大蟻の」という上五字と「暑さかな」という下五字とを直接の意味に結びつけなかった点に技巧を認めます。すなわち今までの句はおおかた、大蟻がどうかして暑さかな、というふうに「大蟻」を主格として取り扱ったのですが、この句は「松」を主格として、大蟻がその脂につくところの松の暑さかな、というふうに叙したのであります。上五字下五字等の制限なく自由に一句を作るという場合には、こういう句法もあえて珍しいというのではありませんが、上五字下五字を制限され、ただ中七字を埋める場合にかかる句法を試みたということは、働きの点に価値を認めなければなりません。

「泉にもがく」は、蟻が泉の中に落ちてもがいているというのに過ぎないのでありますが、この場合の「暑さかな」は今まで挙げた句の「暑さかな」とは少し心持の違ったところがあります。今までのは正面から文字の意味どおりに、むしろ拘泥し過ぎて取扱っていますが、この句は必ずしも文字の意味に拘泥せずに、やや無頓着《むとんじやく》に取扱っている傾きがあります。すなわち泉に蟻の落ちてもがいているということに水の清冽《せいれつ》、樹陰の近さ等を連想せしめて、むしろ涼しさに属する光景なのでありますが、この句はそれに頓着なく「暑さかな」としています。そうしていったん「暑さかな」とされてみるとなるほど「暑さかな」でもさしつかえない、暑い日の照りつけている辺りに人が立って水上に蟻が落ちてもがいているのを見ている、そういう場合ならばよい、一方に清冽の泉を認めても、他方にやはり暑さの感じがある以上、下五に「暑さかな」とおくことに不都合はない、とそういうふうに感じてくるようになります。季題の取扱上にこういうことは必要なことであります。

さてここに私は、なお左記の数句を取り残しました。

大蟻の座敷に上る暑さかな　正雄
〃〃〃座敷に上る〃〃〃〃　無楽
〃〃〃座敷に上る〃〃〃〃　今更
〃〃〃畳に登る〃〃〃〃　機明

今までの句に似寄ったのはたくさんありましたが同一のものがこの「座敷に上る」に至って初めて現れました。さてこれらの句は一番初めにあげた「登る」とか「這ふ」とかいう句と同一分類に属すべきものでありまして、もちろんその中に混ずべきでありましたが、それを特に取り残したというのはほかでもありません。ただ原句にもっとも近いがためなのであります。すなわち原句は、

大蟻の畳をありく暑さかな　士朗

というのであります。「何だそんな句か」と読者は定めてご失望でありましょう。すなわち読者のお考えと大した相違がないということは原作者にとってあまり名誉なことと考えられませんが、しかしそれでもなおこの句のうちに特に認めねばならぬ点がありますから、それをのべていささか原作者の面目を保たしめようと思います。「畳」という字も「歩」という字もともに諸君の答案のうちにありました。その二字とも別に珍しい字ではありませんでした。しかし、

大蟻の飛石歩む暑さかな

にくらべて原句はどういう点に特色がありましょうか。飛石の上を蟻が歩いているということは蟻としては当然歩むべきところを歩いているので、それが大蟻であったにしても格別驚くに足りませんが、畳の上を歩いているというに至って――その歩くべからざるところを歩いているという点において――初めて強い印象を受けるのでありますす。ことにそれが普通の蟻であったならばそれほどに驚かれるわけでもないのでありますが、それが大蟻であるところからいかにも印象が強い、そこが看過することのできない点であります。次にまた、

大蟻の畳に登る暑さかな

にくらべてどうかというと、事実は同じことでありながら、「畳に登る」という方はただ畳に上ったということを概括的に叙したのにすぎないのでありますが、原句の方は一匹の大蟻ががさがさと畳の上を歩いているところがはっきりと目の前に見えるように描かれてあります。しかも「這へる」といわずに「ありく」と言ったところに、

畳の上を人間が歩くように大蟻が歩いているという——いかにも蟻が大きく感じられる——心持が適切に出ております。

こう解釈してくるときわめて類似したような句でありながらやはり原句には原句相当の価値があるものと申さねばなりません。また仮にも今日に伝わっている古人の句にはそれだけの緊密な用意のあることもこれによってだいたいうかがわれることと思います。

しかしそう申したところで何も古人ばかりを尊重するわけではありません。以上列挙した諸君の句のうちにもかなりの好句はないことはありません。たとえば、

大蟻のぼる張板のぼる暑さかな　白峰

は、張板を下からがさがさと瞬く間に大蟻の這い上る光景を見つけたところいささか他より一頭地を抜いているかと思われます。

大蟻の甍《いらか》這ひ居る暑さかな　佛座草

も、二階から下の屋根を見たような場合で、屋根に大蟻を見つけたところに手柄があ

ります。

大蟻の二階を襲ふ暑さかな　利吉

も前句とともに原句以上の高所を見つけたもので、しかも、まさかここまではあの大蟻も来まいと思っていたのに上って来た、というようなその蟻に恐れをなした点に手柄があります。

大蟻の粒さし上げて暑さかな　香雨生

「粒さし上げて」というのは「粒」だけでは言葉が不完全でありますが、観察がやや細に入りたるところを取り柄とします。その他「つく脂に松の」「泉にもがく」二句の、句としては好句というのでないが部分的に認めるべき点のあることは前にのべた通りであります。

次に、

蟻の道○○○○○○続きけり

という中七字を埋めることにつき諸君から寄せられた答案はたくさんありますが、その全答案の十分の九までは、

蟻の道縁の下より続きけり　林一太郎
蟻の道垣の隙より続きけり　仁東生

の類でその**蟻の道の始まっている場所を指定した**ものであります。ただその中でも右の「縁の下」「垣の隙」というような穏当なものと、

蟻の道隣り村より続きけり　百谷王
蟻の道地蔵の腹より続きけり　行々子

というようなやや奇抜なものとの区別はありますが、右の蟻の道の始まっている場所を指定したことには変わりはないのであります。このやや奇抜なという方は後になって別に述べることにいたします。なぜかというと、原作者の句がやはり同じ傾向を持ったものでありますから。

その残るところの十分の一のうちには、**始まっている場所と終わっている場所**との

両方を指定したものがあります。これはわずかに左の二句であります。

蟻の道塔より墓地に続きけり　楽山

蟻の道本堂まで厨《くりや》より続きけり　その女

「五重の塔より」とか「塔の下より」とかいうのは沢山ありましたが、「塔より墓地に」というのはこの一句ばかりでありました。蟻の道というと「おやここから始まっているのだ」とその始発点を見出《みいだ》して興がるのが普通のことであります。のみならずこの句全体の調子からしても、またわずかに七字を埋めるに過ぎないというところからしても、誰も終わっている場所までは見届けようとしなかったのでありましょうが、ひとりこの二作者は始終両場所を指定せねば満足しなかったところに多少の興味があります。ことにその女の句の方は終点を先に言って始点を後に言っているところにおかしみがあります。とはいえ、それが必ずしも句として勝《すぐ》れているというのではありません。後にいうつもりですが、蟻の道の長いということを表すのを目的とする場合にはむしろ、両者を描かずに、単に始点のみを描いておいて、終点は明示しない方がその目的にそうものと思われます。ここにはただ答案中に類例の少ない始終両点を指定しているという点にのみ興味をもって特に挙示したものであります。

その残余の十分の一のうちにはこういうのがあります、それはやはり開始点のみを描いていることは多くの答案と同一なのでありますが、ただそれが場所の指示ということの上に**その蟻の道の続いている所以《ゆえん》をも考え**ねば不満足であった点に興味があるのであります。その一、二を挙げますと、

蟻の道なしの種より続きけり　小濱清
蟻の道西瓜皮から続きけり　弓山
蟻の道蟬の殻より続きけり　痴朗
蟻の道蛾の骸《むくろ》より続きけり　吟波

の類《たぐい》であります。すなわちその始まっている場所を指定している上に、それはそのものを曳《ひ》くための道だということを説明しているのであります。

さて前にも申しました通り、原句はどうかと申しますと、やはりご多分に洩《も》れず単にその**始まっている場所を指示**した分類に属すべきものなのでありますが、それがや

や群俗を抜いて奇峭《きしょう》である点に特色があります。

私は先にやや奇抜なものとして「隣り村より」と「地蔵の腹より」とを挙げました。「地蔵の腹」の方は単に奇なことを言ったというのに過ぎないのでありますが、「隣り村」の方は距離の遠方ということに着眼した点を閑却することはできません。蟻の道というと、普通に長く続いていることを想像します。ことに「蟻の道○○○○○○続きけり」とあると、どうしてもこの蟻の道は短いものとは想像されないのでありま す。そこで距離をいうことに着眼してくるとただに「塀の下」「縁の下」では不満足になってきて、「塔の下より」とか、「鳥居の屋根より」とかいうふうに高い所を見つけたり、「要塞門《ようさい》より」とか、「前の家より」とか、「城の址《あと》より」とか、「阿房宮《あぼうきゅう》より」とか、「隣り村より」とか、「吉田口より」とかいうふうにだんだん遠方から始まっていることを言おうとするのであります。その心持をもっとも正直に抽象的に言ったのに、

蟻の道先の先より続きけり　鬼門堂

というのがあります。これは開始点を限定しないで、どこまで尋ねていってみても際

限もなく先の先があるのを言ったのでありまして、その点にはたしかに一特色がありますが、こういうふうに抽象的にいうことはいくらそれが適切であっても存外力の弱いものであります。それはこの句と原句とを対照すればもっとも明白にそこの消息を解することができます。

同じく距離を言って、ほとんど原句の腹中に踏み込んでいるものにこういう句があります。

蟻の道暑き空より続きけり　松月

これは「塀の下」とか「隣り村」とかそういうふうに場所に拘泥せずに、また「先の先」というふうに抽象的の説明に堕《お》ちず、ずっと遠方からということを大胆に暑き空よりと言ったのであります。事実から言ったら蟻の道が空から続くわけはありません。けれど遠方ということを極端に表すために「空より」と言ったところに作者の大胆な着想を歓迎せねばなりません。こういうところに句作者としての格段の用意を要することも少なからざるものがあります。

さて原句はと申しますと、

蟻の道雲の峰より続きけり　一茶

というのであります。前句と同じく、極端に遠方からということを具体的にしかも大胆に表すために雲の峰からと言ったのであります。この大胆な叙法が「塀の下」や「先の先」より数段優れていることは前句の解釈の時と同様であります。さて前句とこの原句との優劣論を申しますと、着想はほとんど同一ともいうべきものでその点においては前句の作者の手腕を認めなければなりませんが、ただ残念なことに前句の作者はまだ叙法の上に原作者に対して遥《はる》かに遜色《そんしょく》があることを自認せねばなりません。同じく遠方からということを極端に表すとしましても「空より」というのと「雲の峰より」というのとはそこに具体的に頭に印象する力からいって遥かに相違があるのであります。「空より」というと「先の先より」というよりも具体的であることは前に申した通りでありますが、しかもあの白く実際の山のような形をしている雲の峰に比べますと、まだ遥かに抽象的なところがあることを拒むことはできません。蟻の道が空から続くということはちょっと想像しにくいことでありますが、雲の峰から続くということは一種の絵図としても受け取れないこととは考えられないのであります。

次に、

生きて世に〇〇〇〇〇〇〇〇〇〇〇〇

この数字を埋めることについて諸君の答案を要求しましたのは、諸君がこの「生きて世に」という初五字をどう解釈されるか、すなわちやや複雑なこの初五字をどれだけ巧みに使用されるか、を見たいがためでありました。

まずこの「生きて世に」というのを人間とするのと動植物とするのとの二通りがありました。一、二の例をいうと、

生きて世に蛙となれよ蛙の子　陽州

生きて世に何をたよりの海鼠《なまこ》かな　鋸山

生きて世になかなか悲し荒地菊　その女

の類でこれらは動植物としたのであります。「世の中にかく生存しておれば」という

意味からいえばこれらの句も一応意味は通じるのであります。

しかし動植物としたのはきわめて少数であってたいがいは人間としての作句でありました。

「生きて世に」という以上、それが人間と解することはまずその方を穏当の見解とせねばなりません。

さて人間としての解釈に立脚した句のうちにも、「生きて」という字をはぶいて、単に「世に」として差し支えないような句が多うございました。その一、二の例をいうと、

生きて世に接木《つぎき》上手とほめられき　紫牛

生きて世に女ならばや京の春　亭夫

の類であります。これらは「生きて」というのが必ずしも無用というほどに贅沢《ぜいたく》となってもおりませんが、しかし、「生きて」という字が活躍して十二分の働きをしておるとは申されません。

それらにくらべると、「生き甲斐《がい》」というようなことに着眼した句は多少「生きて」

という字を活用したとも申されます。

生きて世に案山子に似たる守衛かな　呑天
生きて世に甲斐なきこの身炉に倚《よ》らん　仏座草

の類《たぐい》がそれであります。けれどもまだ十分の活用とは申されません。次に「貧」「老」「病」「死」に着眼したことによって漸次この「生きて」という文字の色彩を強めてくることは争われぬ事実であります。

生きて世に貧の寒燈ともしけり　濱人
生きて世に明け暮れ淋し老の秋　時綱
生きて世に病の床の桜かな　昌東
生きて世に真田《さなだ》が庭の桜かな　牧人

句の巧拙はさておき、これらの句は「死んだ方がましだけれども」とか「いつ死ぬか判らぬ身ながら」とか、「かつて討死すべかりし身が」とかいうような特別の境遇を背景においての句でありますところから「生きて」という字は格別の響きを持つのであります。ことに最後の「真田」の句に至ってはじめて鐘が撞木《しゅもく》に当たって音を発したような心持がするのであります。

特に「生きて世に」というのは未来に想像する仮説の死——例えば「死んだ方がましだ」とか「いつ死ぬか判らぬが」というような——よりも過去において実際逢着《ほうちゃく》した死——例えば「討死すべかりし身が」とか「病死すべかりし身が」——とかいうような死を背景においた場合に初めて十分の意味を表してくるのであります。真田は死を逃れて志度山《しどさん》の麓《ふもと》に隠棲《いんせい》しておったのであります。その真田の心持になってみると、あの時死んでいたらもう一切空で、桜の花などを見ることはもとよりできないのであるが、生きておればこそ世にまた庭の桜を見るのである。とそういうところに生きて世にという力強い十分の意味があるのであります。

原句も、この「真田」の句と同様の詩を背景としての句であります。

生きて世に人の年忌や初茄子《はつなすび》　几董

自分は大病をしてほとんど死ぬところであった。それが幸いに全快してかく生き永らえておって、かえって他人の年忌に会する。後圃《こうほ》の初茄子をとって霊前に供えよう、とこういう意味で、人の年忌をもってきたところに、一度死に臨んだ自分のかく世に生きてあることの上に格別の深い感情を動かすのであります。「真田」の句と死を背景にした着想は同一でありながら多少の差異を認めなければなりません。

私は永々と埋字のことを申し述べましたが、これはかく研究をすることが俳句を作る上に多少の興味あるしかも有力なる参考になることと考えたからのことであります。

七　古い句を読むこと　新しい句を作ること

古人の句を読む方がようございますか、作る方がようございますか、という質問を私はしばしば受けます。

今の若い人たちの頭に一つの大きな迷いがあります。あらゆる芸術を通じてそれがあるのであります。それは何かと申しますと「新」ということであります。それらの若い人たちは何でも新しければいいと思っています。新しいことを私も悪いとは申しませぬが、果たして「何が新しいか」ということも十分に研究せずにただ新しければいいと思っている人が十中八九であります。

新しいと申すことは古いことを十分に研究した上で申すべきことであります。「新」ということは相対のことであります。十分に古いことを研究せねば何が新しいのだか古いのだか判ろうはずがありません。初めて俳句を作るものが俳句の約束をも了解せずにただ文字を羅列して新しがったところで、一般の俳句界には通用しないことであります。伝統文芸としての従来の俳句の真価を了解せずにおいて、「ただ自然より直接に新しいものを採り来たれ」と言ったところで、世間に通用しないことであります。新しいということは古いものを熟知した上で初めて意味ある言葉となるのであります。「古人の句を見ることなかれ」ということはとりもなおさず、いずれが新、いずれが陳かの研究をすることなかれ、ということであります。これほど無意味な言葉はないのであります。

そこで結論はきわめて簡単であります。新しい句を作ろうと思えば古人の句先輩の句を読まねばなりません。十分に古人の句先輩の句を研究して古人や先輩はどういう俳句を作っておったかということを研究して、それからその古人や先輩の手の及んでいなかった方面に手をつけて新しい句を作るようにしなければなりません。「古人の句に接するな。古人の句を読むな」ということは、この点から申しますと「新古の判断さえつかぬ人になれ」ということになるのであります。先人の足跡を踏まぬという心掛けは結構でありますが、その先人の足跡を十分に究めぬということは非常な不覚であります。すなわち**新しい句を作るという立場からいって、ぜひとも古い句先進の人の句を研究しなければならないのであります。**

私は俳句というものは決して小説などのように新しがるべきものではないと思いま

す。もとより俳句も骨董品として取り扱われるのでなく、生きた文芸として取り扱われるのであります。古人の範疇《はんちゅう》を出た新しい句を作らなければならぬのでありますが、それでも俳句というものは伝統文芸として、小説などよりも比較的古い匂いのするものであるということはまず頭においておかないととんだ料簡《りょうけん》違いをするようになります。古い匂いがするということは、いやだという人がありましたら、もしそういう人があったらしばらく俳句に遠ざかっていて、他日古い匂いのするものがなつかしく恋しい時代がきた時分に、その時に改めて俳句に近づいたらよかろうと思います。いやであろうが好きであろうが、ものそのものが古い匂いのするものである以上、それはどうすることもできないのでありますから、遠ざかるよりほかに道はないことと思います。そうして、他日その匂いが好きになってきた時分にまた近づいてくればそれでいいことだと思います。

俳句は古い匂いのする文芸、すなわち是非ある約束の下に立たなければならぬ伝統文芸である以上、それは能楽や歌舞伎が全然古い型を習熟し、日本画がある点まで古法に則《のっと》ることを必要とするに準じ、俳句もまたある点まで俳句らしい俳句を作るために、古俳句を習熟する必要があるのであります。

ちょっと余談として申しますが、実を申すとそれは俳句ばかりではないのでありま す。また能楽や歌舞伎や日本画ばかりでもないのであります。**人間そのものがそうなのであります。**人間は現在の生活をすべて改善しようとしてもそれはついにできない相談なのであります。たとえば、衣服にしたところで、従来の日本服がきらいだから、何か新しいものを創造しようとしたところで、さてどんなものを想像したらいいでしょうか。仮に何物かを造るとするとそれは洋服に近くなるか、日本服に近くなるか、そうしてそれは遂《つい》に在来の日本服にしかず、洋服にしかぬものになるのであります。すなわち在来のものにあきたらないといったところで、決して全然新しいものをポカッと浮き出すことはできないのであります。それは人力がどうすることもできないのであります。人間というものがそういう力を持っていないのであります。すなわち全然新しい、そうして現在のすべての服装よりも優れた新服装を造り上げるまでには多くの歳月を要するのであります。仮に今後千年後に我々が再生してくると仮定すれば、その時我等の子孫の着ている着物を見たらあるいはそういうものができているかもしれません。人間の力は新しいものに一歩一歩を進めてゆく力はあるが、従来のすべての因縁を切り離して、絶対に新しいものをここに創造するということはできないのであります。ある建築家の話に、建築が一の様式から他の様式に移るにはおよそ百年を要するということであります。これは面白いことだと思います。すなわち人間のすべての仕事、いわば人間それ自身というものが決して因縁を切り離してものをすることはできないものであるということを十分に考える必要があると思います。

文芸のうちで比較的新しい分量を要求している小説のごときものであっても、その実決してそうむやみに新しいものを創造することはできないことであって、たとえ最近の例のようにフランス、ロシアあたりの文芸を急速に輸入してきて、一時は従来の日本人に思いもよらないような新しいものを見せることができたにしても、それは歳月を経るに従ってかえってその「新」という点は退歩してその代りに従来の日本趣味ともいうべきものが逆襲してきて、大局よりこれをみれば、結局ある徐歩を試みたというに過ぎないことになるのであります。まして比較的新しい分量を少なくしか包含しない俳句にあっては、決して一飛びにそう新しいことが試み得られるものではないのであります。宇宙の進化は徐々に行われます。それを急速に行おうとするのは愚かなる迷いであります。俳句の進歩もまた徐々として行われつつあります。なにも急ぐことも慌てることもないのであります。我等は古人の踏んできたあとをよく研究してみて、また古人がせっかく築き上げてくれたところのものを尊重し、できるだけの新しい力を加えてゆくのであります。もっと具体的にいえば五七五調、やかな等の切字、季題、それらは申すに及ばず、古人がせっかく研究して来たところのものに十分の敬意を払って、すなわち一度は忠実なる門下生となってその上において我等は百尺竿頭《かんとう》に一歩を進める底《てい》の心掛けが肝要なことであります。この点から申しても我等は古人の句を三読、五読、百読、千読してこれを習熟し、玩味《がんみ》する必要があるのであります。

新しい句は、目をねむって古人の句を見ずにおればできるというのは卑怯《ひきよう》な申し分であります。古人の句を見るがために古人の句になずんでしまって、それ以外に一歩も踏み出すことができぬというような人は、たとえ古人の句を見ずにおったところで、それ以外に一歩も踏み出すことのできぬ人であります。少しでも芸術的才能を持っている人であったら、たとえあけくれ古人の句中につかっていてもいつしかその個人性を発揮して何人も模倣することをゆるさない自己の新境地をひらき得るのであります。私が「埋字」のことなどを申し上げたのもこの古人の句に親炙《しんしゃ》する、もっとも卑近な方法の一つを申し上げた次第なのであります。

私はどうでもいいからただ十七字を並べてご覧になるがよかろうということをまず一番に申し上げました。それはいつも躊躇《ちゅうちょ》して空しく歳月を過ごしてしまう人のために、ともかく十七字を並べてご覧になることをおすすめいたしたのであります。その上はじっとものを見、じっと物に案じ入り、十分に自然の研究をすることが何より大事と存じます。しかもただ自然を見、自然を玩味し来ったかということをも十分に調べてみて、まず古人の門下生となり、しかして藍《あい》より青い古人以上の立派なお弟子になる心掛けが肝要であります。

付録・俳諧談

一

俳句というものはほかの文学といかなる点で異なっているかということになると、種々の点があるが、その一番根本でまた主なものは字数が十七字であるということが一番大きな特色である、もっとも十七字といったところで中にはいわゆる字余りの句というものがあって十八字、十九字あるいは二十四、五字までになる句もあるし、また一、二字足りないような句もあるけれども、とにかく十七字というものが標準になって、仮に字余りになろうが字足らずになろうが、とにかく十七字ということに準拠するわけになる。またある人はこれを十七音字という。音という一字を入れてわざわざ十七音字の文学という人があるが、あるいはその方が適当な称呼かもしれない。字数が十七字という方ではなくて、音の数が十七というのがむしろ俳句を説明するに適当かとも思われる。

その十七音もしくは十七字というものがさらに三つに区分される。それは初め五字、それから中七字、終り五字、この三つのフレースに分解して論ずることができる。字余りの句にしてもやはり五字、七字、五字、というような調子に自然分解して口に唱えるようなふうにする。それで俳句の特色は畢竟《ひっきょう》この字数が十七字に限られているということである。もし十七字で十分意味が表せないからというのでたくさんの言葉を用いるようになったならば、それはすなわち俳句ではなくなってしまう。

今度は字数に次ぐ俳句のおもな条件は、俳句の中には必ず季というものを詠み込まなければならぬという規則がある。この季というものは春夏秋冬四季の景物を必ず俳句の中に一つはいれなければならぬという規則であって、例えば春風とか、納涼とか、秋草とか、時雨《しぐれ》とかいうようなふうに、何か各季節に属した一つの天象、地理、動植物もしくは人事などを詠みこむことになっている。なぜ俳句に季を入れるかというこ とも、やはり前言った字数が十七字であるということが一つの原因をなしているように思われる。なぜかと言えば、わずかに十七字であって文字が少ないために複雑なことは言えない。ぜひ単純にならなければならぬ。しかしながらできうるだけ多くの連想というようなものを人に与えるということができればそれに越したことはない。それでその連想を人に与えるのには、ぜひとも各人たやすく連想の起こり得るようなものを詠ずる必要がある。

二

そこで誰にでもたやすく連想の起こり得るものは何かといえば、四季の感じ、春夏秋冬――四季の感じというものはこれほど人に普通なものはないのであるから、その必要上からしてぜひ四季の景物を詠みこむようになる。そうすると単に人が道を歩いて行っただけではきわめて無意味な事柄であるけれども、たとえば「春風や」といってその下に人が道を歩きつつあるというような発句があるとすると、春風が駘蕩《たいとう》と吹いている、そういうのどかな春の日に人が歩いているというので、そこで前の単に道を歩くというのにくらべるというと、だいぶ複雑な感情が起こるようになってくる。またこれを「時雨《しぐ》るるや」とか何とかいう初め五字を置いて、その次に人が道を歩きつつあるという場合には、冬の初めの寒い時雨の降るような天気の日に人が表を歩きつつあるというわけになって、そこにまた一種の大なる景物が想像される。また「蝶《ちょう》飛ぶや」という五字があると仮定すると、単に蝶々が草の上を飛んでいるという景色以外に、その蝶というものを中心にして、春の日ののどかの光景、またその時候に人々が楽しく遊んでいるような状態、一歩進めて言えば、そののどかな春の日に対して人の心の中に起こるゆかいなる感じも連想される。

かくのごとき感じというものは前にいったようなふうに、学者であろうが乞食であろうが、女であろうが子供であろうが、仮にも人間と生まれた以上は、その感じの深浅疎密はあるけれども、とにかくそこに一種の共通な感じというものが起こるからして、単に十七字でその中の初め五字が「蝶飛ぶや」というのであって、あと十二字に簡単な景色もしくは人事が叙してあるにしても、その初め五字の「蝶飛ぶや」という景物があるために因って起る連想というものは深くなる。わずか十七字の俳句がその簡単な文字で力強く人の頭脳を刺激しようというのには、この景物を詠みこむという必要が非常に重大な事件として約束されているというわけになっている。

それから、次に俳句で必要なことは切字ということである。これは昔から宗匠などがやかましく言って、それについてはずいぶんくだらない理屈や何かもたくさん行われているが、しかしやはり切字というものを詠みこむ必要は自然に存在している。それは人にものを話す時分に何々でありますとか、何やらであるとか、必ずある談話のおしまいには句切《くぎり》をつける。また絵を描くにしても中心を密にして周囲にあるほど疎筆を用いて、そうしてその周囲には輪郭をつけて、その絵というものと他の境界との区別をつける。それと同じようなわけで、発句もとにかくまとまった一つの意味を表わそうというのには、ぜひその十七字の中に一つの句切が必要になる。前にいった「です」とか、「である」とか何とかいう普通の言葉と同じようなわけに、必ず何とか意味を限ってしまう句切の言葉が必要になる。それがすなわち切字というものになるので、例えば「春風や」という場合には、春風が吹いておりますというのと同じような意味になる。

三

それからまた「時雨けり」といえば、その「けり」という字は時雨れているぞというやはり句切の言葉になる。もしそういう切字がない場合には、あたかも長い文句の中の一節を切り抜いたようなふうになってしまって、まとまった意味を表すためにはぜひこの切字というものが必要になる。

そこで俳句のおもな切字は「や」という字と「かな」という字、続いては「けり」

というような字がもっとも普通に行われ、またもっとも力強い意味を持っている。その他は普通の文章で意味を切る時分に用いる助字が、やはり俳句の方でも用いられる。たとえば「ぬ」とか、「らん」とか、「たり」とか、「す」とかいうような文字、なおそのほかたくさんある。

右の中で「や」の字はこれは俳句にあっては格段な意味に用いられる文字であって、たびたび例に引く「春風や」というような場合には、春風が吹いている、その吹いているという動詞までがその「や」という字の中に含蓄される。また下にくる文字によって吹いているということ以外に、さらにその春風を愛し愉《たの》しむような心持ちとか、その他まず種々の連想をもつことができるようなきわめて調法な文字である。

それに次いで「かな」という字は、普通に詠嘆の意味に用いられるということになっているが、必ず詠嘆の意味ばかりでもない。軽い場合にはほとんど無意味に、ただ単に意味を切るためのしるしとして用いられる場合もあるし、また重い場合には非常に深くものを詠嘆するような場合に用いられることもある。これらのことはいちいち句について説明しないと、句から取り離して議論することはできないから、まず簡単にこのくらいの説明に止めておく。

次に俳句を解釈する場合にもっとも大事なことは連想ということである。これもやはり前言ったわずかに十七字であるということが大なる原因をなしている。わずか十七文字であってしかもなるべく深い意味もしくは強い意味を運ぼうとするために、元来文字そのものが一つの符牒《ふちょう》であるのではあるが、さらに俳句に使われる場合にはそこに作者と読者との間に特別な約束ができて、普通な文章もしくは談話などで使われる文字が運ぶ意味よりは、いま少し複雑な意味を運ぶようになっている。例えば、

菊の香や奈良には古き仏たち

という芭蕉の句がある。これなどは普通の文章を解釈するつもりで解釈したならば、ほとんど何のことだか分からなくなる。けれども俳句の上にはそこに特別な約束があって、仏たちという名詞で止っている下には「**がたくさんある**」というごとき意味を自然に含ませることになっている。また菊の香という名詞の下には「**の馥郁《ふくいく》たるがごとく**」という文字とか、また温雅なる色彩とか、蒼古《そうこ》な感じとかいうような、菊の花に付属する種々の連想がやはり省約されているものとみなされることができる。

四

それでこの句の意味は菊の花の人に与える感じが奈良の古き仏たちが人に与える感じとどこかに似通ったところがある。その感じを作者が表すのがこの句の目的になっている。だから長い文章でこれを表す場合には、数十言もしくは数百言を費やさなければならぬ。けれども俳句となるとわずかに十七字でその複雑な意味を運び得ることになっている。これは俳句というものが特別に約束された文字の働きを持っているからである。

次には天明の蕪村の句に、

鮎くれて寄らで過ぎ行く夜半《よわ》の門

という句がある。この句の意味を一通り解釈してみれば、自分の住まっている家の戸口で夜中に人声がする。それから起きて行ってみるというと自分の知っている某《なにがし》がいて、今日釣に行って鮎《あゆ》がとれたからして、少しわけてやろうといってその鮎をくれた。そうしてその人はまず入らぬかとか何とか言ったけれども、イヤ今晩は遅いからまた来ようとか何とか言ってそのままに帰って行った。こういう意味を表わしている。けれどもその俳句の中には誰が鮎をくれたとも言ってないし、また単に「夜半の門」とあるだけで、門がどうしたのか、その辺はきわめて曖昧《あいまい》になっているけれども、俳句の約束として「鮎くれて」という文字の前にはある人がという意味が自然含まれているし、門という言葉からして門前で人がくれた、また主人がそれを受け取ったとかいうような言葉が自然そこに含まれていることになっている。初め何も俳句を知らぬ人がこの句を見たらば、ほとんど意味をなさぬ言葉になってしまって、何だか門が鮎をくれたのか、門が過ぎて行ったのか、ちょっとそのへんが意味をなさぬように解釈されるかもしれないけれども、その中には種々な言葉が略されている。そうしてその略されていることは俳句にとっては普通の約束であるということが分かってみるというと、ただちにこの意味が解釈ができるようなことになる。

次に明治以後の句にはいろいろあるが、一句を拾い出してみると、

町　淋　し　雨　の　筍《たけのこ》　貸　家　札

という飄亭の句がある。この句などもちょっと俳人以外の人が見たならば何を言っ

たのだか分からぬかもしれぬが、この「雨の筍貸家札」という間にはたくさんな言葉が省略されている。「雨の筍」というのは、雨が降っている中に筍が生えているという意味であって「貸家札」という言葉からして単に貸家札そのものがブラ下っているというだけではなく、そこに貸家があることまでがその言葉で代表されているようなふうになっている。また「雨の筍」と「貸家札」という二つの句の間には、筍が生えている、それはその貸家の塀の内とか、竹垣の内とか何とかに長く伸びて生えているということを想像しなければこの景色が何だか分からぬことになる。さらにこれを言いかえてみれば、古びた貸家が一件ある、その貸家の表には貸家札が下がっている、その貸家の庭には筍が人が取らぬために伸びて、塀の上にまで突き出て長く生えている。そうして雨がザーザー降っている。そこの町が人通りなどもたくさんある町でなくて、荒れ果てた士族町か何かの光景である。まずかくのごとき複雑な景色がほとんど符牒《ふちょう》のごとく、「町淋し」と言い「雨の筍」と言い「貸家札」と言って、これでその景色を想像しろといったふうになっている。これらもずいぶん文字を省略して、俳句独特の想像にまたなければ解釈のできない句である。

五

次にかかる約束、かかる形式の下に行われる俳句の特別の趣味というものを一、二説明すれば、その一は天然趣味というようなものである。小説とかその他多くの文学ではおおむね人間というものがその主体となって、人間というごときものが主として描かれることになっているけれども、人事というものは複雑なものであって、簡単に表してはとうていその趣を十分に伝えることはできない。それに反して天然物の方は人事に比して簡単である。少なくとも簡単に表してなおその趣を伝えやすい。これが十七詩たる俳句で主として天然物が詠ぜられる原因であった。同じ短い詩の中でも和歌にくらべても、中国の詩にくらべても、俳句ほど天然物を詠ずるものはほかにない。かえって文字で表す詩よりも色で表す絵の方に俳句に近いようなかたむきさえある。また仮に人事を詠ずる場合にもほとんど人間を天然物と同じようなふうにみて、人の歩くのも、蝶《ちょう》が飛ぶのも、人が涙を流すのも、時雨《しぐれ》が降るのも同じように観察する傾向すらできている。この天然を対照とするということは俳句を味わう者の誇りとするところであって、また他の文学に対して俳句がその地歩を占めている重要なる一特徴となっている。

このこともまた一方から解釈すると、超越主義といったようなふうにも言うことができる。小説などでは人間の研究ということが重要の目的であって、人間の中に飛び込んでいって深く観察し、あまねく見て、そうして人とともに泣き、人とともに笑うというようなことをするのが目的になっている。けれども俳句の方はそこになるとまったく人間社会というものをかけ離れて、格段に高い地位に自分をおいて、人間をも前言ったごとく天然物と同一に見て、俗情を離れて観察するようなふうになっている。だから天然趣味を鼓吹するということはやがて人生に対して超越しているということになる。これがまた俳句が他の文学に比較して格段の見地を有することになっている。

この超越ということが俳句のもっとも大事な特色であるにかかわらず、往々にして誤るようなふうになっている。というのはほかでもない、人生を超脱するというのは、深く人生そのものを味わい、苦い経験、酸っぱい経験を積んだ上で超脱した場合には、そこに一種の尊敬すべき底光のあるその人の見地というものができる。けれども未《いま》だ人生に対して経験もなく辛酸も舐《な》めないで、つまり若い時分から俳句を作っているために、わけも分からずに人生を俗世界と罵《ののし》って、そうして高い所に立つというごときふうに見えるのはもっともよくないことである。俳句がだんだん俗に陥って一種の俳人臭味というごとき臭き味のできてくるのは取りも直さずこの根底のない超脱思想からくるのだと私は思う。

六

歴史から考えてみても、元禄の芭蕉という人は人生を超越した人ではあったけれども、しかしながらこの人は十分世の中の経験を経てきた人である。またどこまでも人生を愚にしなかった人である。それに付随しておった種々の俳人も多くは人生を離れた人ではあったけれども、しかしながらその離れる以前には人世に対して種々の経歴を持っている人が多かった。元禄の俳句、元禄の俳人の軽浮な調が見えぬのはこの態度に原因するものと信ずる。ところが後世になってくるというと俳句そのものの方がまずその人の頭を支配して、俳句に自分は遊んでいるものだから人生は一目下に見下ろさなければならぬ。人生というものは俗なものであるというような感じが主となって、元禄の芭蕉その他が決して軽蔑《けいべつ》しなかった人生を、芭蕉以下の人材であるに拘《かかわ》らず軽々しくこれを軽蔑するようなふうがみえる。したがってその風儀もその人格も軽薄になって、俳人臭という一種の臭味がすぐ人の鼻をうつようになる。

蕪村は大家であったし、また決して軽薄な人間ではなかったに拘らず、これを芭蕉にくらべてみるとどことなくシットリしたところが欠けている。これはどうかといえば、とりもなおさず人間そのものを視ることの深浅に因ることと考えられる。もし蕪村にして十分人生を研究し、人生を尊敬した上で、あれだけの技術をもっておったならば、もう少しシンミリと人を感動させ、十分芭蕉以上の仕事をしておったろうと自分は思う。蕪村が大技術家であるにかかわらず、芭蕉の句が人の心を支配するほど支配することができぬのは、まったくこの態度に原因するものと思う。まして蕪村以下の俳人にあっては、器用は十分器用だし、面白い句も中にはあるけれども、しかしどことなく軽浮の感をまぬかれない。

近代の俳壇でも正岡子規という人は決して人間を軽蔑しなかった人である。人間社会をくだらないものとして頭から見下ろしておったような人ではなかった。もしあの人にして健康が許すならば、社会の人として働く考えすらも持っておった人であった。かくの如く人生に趣味をもち、尊敬を払っておった人が、病いのためまた自己の文学のために人生を離れた地位に立たなければならなかったわけであるが、その句には軽薄な跡が少しもみえない。シットリと人を感じさせる点にあっては蕪村よりも子規の方が上であると自分は信ずる。その点においては元禄の芭蕉に次ぐものといってさしつかえないと思う。

そうして子規以外にも今日の俳人中にはやはり人生を愚にせず、人生に対して相当の熱意をもっておりながら、その半面に超脱した世界に遊ぶごとき考えで俳句を作っている人も少なくはない。これらの人の句はどことなく落ち着きがあって、発句が下手にかかわらずなお相当の尊敬を払うにたると思う。けれども中にはまた頭から人生を俗世界と罵って、本当に人生が分からぬくせになお自ら高くおり、しかも自分は人生を超脱した詩人であるということをもって自認しているような人々も見受けられるが、これはやがてその俳句に軽浮な跡がみえて、第二の墜落時代を招致する原因になろうかと自分は思う。

七

人生というものはある意味において随分俗なものともいうことができるけれども、しかしながら我々の祖先が生活しておったのも人生、我々の父母が生活しておったの己の子供がやがて生活するところも人生である。俳人どもが集まってともに俳句を作るその場所もまた人生の一部分である。人生を脱離して超越していると考えながらも、やがて人生の波瀾《はらん》の中に巻き込まれているのが普通の状態である。人生を脱離したごとく考えているのがやがて人生の渦中に立っているわけである。その人生を一通り越してから後に、振り返って一歩高い所に立つ人は、それだけの経歴を経、それだけの見識ができてからであるからして、それは先覚者として相当の尊敬を払うこともできるが、しかしまた黄口《こうこう》の児《じ》でありながら、お尻《しり》に卵の殻がくっ付いているごとき境界《きようがい》であるのにかかわらず、ほしいままに人生を脱離したごとく考えているというのは片腹痛い感じがして、その人のために甚だ取らぬと思われる。これはしかし空論ではない、実際その人の作った句をみるとすぐそれが分かる。例えば芭蕉の句になるとつまらぬ句も随分沢山ある。しかしながらそのつまらぬというのは表面がつまらぬのであって、その句を通して背後には一種の後光のようなものがある。あたかも仏様の後にある光背のごときものがそこにある。上っ面は平凡な句であるにかかわらず、何遍も味わってみるとシットリと底の方から味が滲《にじ》み出してくるごとく感じられるのは、すなわちこの仏様の光背に当たるところで、余はこれを**背景のある俳句**と呼びたいと思う。この背景のある俳句はいくらたってもその味は失《う》せない。けれども上っ面がテカテカ光っていて、一読して面白いと思われるような句は、長く味わっている中に飽きがくる。あたかも錦絵《にしきえ》を見るようなもので、その色彩は人の眼を射るにかかわらず、その背後には何物もない。この背景のある句と背景のない句とは、前に言った作者の人生観の相違に基因するように思われる。作者がシットリした人であるというと、つまらぬものを見る中にもおのずからその心の中に種々の働きがあって、それが知らず識《し》らずその上に現れている。だからつまらぬ景色を叙したつまらぬ句であっても、その背後にはその頭の中の働きというものが自然自然に現れている。これが背景のある句としての価値のあるゆえんであろうと思われる。けれども人生を頭から軽蔑しているような人にはその頭の中に深い深い味というものがない。だからいかに面白い景色を見つけて面白く表現したにかかわらずその句には、どことなく深みがなくて錦絵のごとく派手なところばかりが人の眼に留るようになる。

何も天然物を詠ずる上において人生というものに趣味を持とうが持つまいが、それは問題にならぬではないかという人があるかもしれぬが、しかし同じ一輪の落椿を見てもまた一羽の揚雲雀《あげひばり》を見ても、そこにその人が人生に対して深い味を持っている人と、持たない人にとっては大変な相違がある。決して俳句を作る上において陳腐な平凡な主観を暴露した月並的な句を作れと強いるわけではないけれども、簡単な景色を叙する上においても、わずかに一字一句の上にその作者の頭の味というものは知らず識らずの間に現れてくる。叙する方はさておいて、その景色を見る上においても十分その頭の働きというものは現れるわけである。単に雲雀が揚がるのが面白いとして揚雲雀を見る人と、そこに深い、人生に対するある心持というものを土台において、その土台の上において揚雲雀の揚がるのを見る人とは、同じ揚がり具合を観察する上においても大変な相違があると思われる。このシットリした心持というものは外から来るのではない。半ばその人の先天的の性質にもよるが、半ば人生そのものに対する感じの浅深、厚薄によることと思われる。

八

このことについては以上の簡単な叙説では尽きないけれども、ついでであったからして背景のある句ということを私は特に尊重するということをここで述べておく。

かくの如く論じてくると、今の新派の俳人中にも、君の議論は月並に近いというような非難をする人が起こって来るかもしれない。しかしながら月並とこの背景のある句という間には非常な径庭《けいてい》がある。簡単に月並の句そのものの説明をしかたがたその差異を述べてみようならば、月並の句の方は作者の主観をむきだしに出す。その主観というのも極めて小さい主観で、理屈っぽい主観で、また平凡な主観で、また陳腐な主観である。ところがこの背景ある芭蕉などの句になるとその主観を決して暴露はしない。シットリと頭の中に包んでおいて、句の上にはそれをあからさまには出さない。しかしながらその句を通じて自ら窺《うかが》われるというようなわけあいになっている。またその主観は小主観ではない、深い厚い主観である。また斬新《ざんしん》な主観である。月並の句とこの背景ある句とが往々にして誤られやすきにかかわらず、その間には非常なる相違がなければならぬ。月並の句になると足袋《たび》屋の隠居さんとか、床屋の亭主とかいうものが、極めて卑近な考えで人生なり景色なりをみて、その極めて卑近な人生観を土台にして、その人生観を句の上に暴露して句を作る。かくの如きは決して背景ある句というべからざるのみならず、最下等の句といってよいことになる。けれども芭蕉などの句になると、深く考え、深く思ったものが芭蕉の頭に存在していて、芭蕉が発句を作る場合にはその主観というものはたやすく句の上には出てこない。ただ単純なる景色を叙した句であり、単純な人生を詠じた句であってもその考えは一度その頭の奥深く潜んでいる主観を通じてきたものであることだけが大なる特色であって、そこに独特の光もあり、独特の響きもあるのである。また芭蕉の主観は床屋の親爺《おやじ》などの習慣とは違って哲人の主観といってもよいほどのものであるからして、誰がその句を読んでみても、ありふれた小理屈を言ったものとは思うことができない。

もっとも芭蕉の句の中にでも往々にしては後世の月並句の源流をなしていると思われるような句がある。正岡子規などはほとんど芭蕉の大半の句は皆駄目だといって攻撃したこともあるが、しかしその子規の攻撃した句中にも公平な眼を持ってみればなお相当の尊敬を払うべき句もあるように思われる。けれどもその一半には月並句の源流をなしたと思われる句がないのでもない。これは芭蕉がえらいにかかわらずやはりその主観が句の上に暴露されて、平凡陳腐な域を脱することができなかったような場合であろうと思う。後世の月並家が尊重する芭蕉の句というのにはこの主観を暴露した句の方が多くて、かえって大主観の潜んでいる背景ある句の方は俗人の眼に映ぜぬことが多い。これを特別に分解して芭蕉の長所を発揮したのは子規その人の功労ではあるけれども、しかし子規その人は特に客観の句の方を尊重して、この背景ある句というものを唱道しなかったのは、時勢の必要に応じたためでもあったろうが、けれども今日の我々から見ればあきたらぬ感じがする。子規君の客観論によると芭蕉よりも蕪村の方がえらくなってこなければならぬことになる。しかし今日我々からみると蕪村はとても芭蕉に及ばない。蕪村が芭蕉に及ばぬのはとりもなおさずこの背景論によって解釈ができるだろうと思われる。

九

月並の論をやろうと思えばこれだけでも、なかなか大した議論になるのであるが、さきほど言った小主観の暴露ということが月並の一番大きな特色だと自分は思う。

そこでこのごろ月並論があまり盛んでない。以前は随分盛んであったにもかかわらずこのごろはあまり月並論をしないのはどういうわけであるかと言って不審をする人があるが、これはやはり時世の変遷に伴ったわけである。月並論は今日においてもなお繰り返す必要が全くないことではないのであるが、しかし月並論よりもより多く大切な議論がたくさんあるために、ほとんど月並論をなすいとまがないといってもいいわけなのである。

さて今日の議論は何が一番必要かと言えば、もはや俳句そのものの圏内の議論ではなくて、俳句と他の文学との比較論と言ってもよい点まで足を進めていると思う。それはとりもなおさず俳句ということについての議論だと思われる。従来俳句という単に十七字の中で養われてきたもの、その格段なるもの、言いかえれば東洋的なもの。また日本人によって特別に養われ来ったもの。西洋人の経験なきもの。この俳句とは何ぞやということが、今日の最も重要の論題であろうと自分は思う。（大正三年稿）

解説

山下一海

（一）

高浜虚子の『俳句の作りよう』は、「俳句の作りやう」の題で、大正二年十一月から俳句雑誌「ホトトギス」に連載され、大正三年十一月に実業之日本社から単行本化された。たちまち版を重ねて、一足先の同年三月に同社から出されていた虚子の『俳句とはどんなものか』と一連のものとして順調に売れ行きを伸ばしたが、昭和十八年ごろ、戦時体制に伴う出版物の整理統合のためもあったらしく、いずれも絶版となった。

大戦後の昭和二十七年四月には、『俳句とはどんなものか』と『俳句の作りやう』の二冊を併せ、〈第一部　俳句とはどんなものか〉〈第二部　俳句の作りやう〉〈第三

部　俳諧談〉として、『俳句の作りやう』の書名のもとに、同社から新装の一冊本として刊行された。〈俳諧談〉はもともと初版の『俳句の作りやう』に〈附録〉として収められていたものである。新版の一冊本に新たに添えた序文の中で、著者虚子は二冊を〈いづれも百版以上を重ねたもの〉としている。その新版はなお旧字、旧かな遣いのままである。本文庫では新版の第二部と第三部を、新字、新かな遣いに改めて底本とし、書名も新かな遣いとした。

虚子の序に〈読者この書をもって俳諧の仮名法語として見られよ〉とある。仮名法語とは、仏の深い教えを誰にでもわかるように仮名で平易に書いたものをいう。高い内容を程度を落とさずに易しく書いたというのである。〈一〉から〈七〉までの本文に〈付録〉の〈俳諧談〉を添える。本文は俳句の作り方を極めて実践的かつ実戦的に述べていて、文章はデスマス調。付録はエッセイ風で文章はデアル調。初版は付録のところでページ付けが改められて、新たに一ページからはじまっている。〈付録〉ははじめは単純な原稿量の必要から、取り合わせたものであったかもしれないが、置かれてみるとなかなかさまになっている。便宜的に合わせたものであっても、対照的であることによってバランスがとれている。

（二）

明治三十五年に正岡子規《まさおかしき》が没し、俳句の上での子規一派は、河東碧梧桐《かわひがしへきごとう》が継承した新聞「日本」の俳句欄に拠《よ》るものと、虚子が中心となった雑誌「ホトトギス」を拠りどころとするものとにおのずから分かれた。碧梧桐の写実的で印象鮮明な作風は新鮮なものとして世に知られ、対する虚子の、主観的、空想的な作風は、新鮮味においてややおくれをとった。一方、「ホトトギス」には、夏目漱石《なつめそうせき》の小説「吾輩は猫である」が掲載されて評判を呼び、伊藤左千夫《いとうさちお》、寺田寅彦《てらだとらひこ》、鈴木三重吉《すずきみえきち》、野上弥生子《のがみやえこ》らの散文作品が掲載され、虚子自身も毎月小説を発表し、小説雑誌のような観を呈し、さらに美術に関する記事も多く、総合文化雑誌といえるようなものになった。その間、明治四十一年十月に、俳句を公募し虚子が選句をする「雑詠」の欄を新設して、俳句雑誌としての活動をも盛んにしようとしたが、結局、小説の勢いに押され、明治四十二年八月から、雑詠欄は休止し、雑誌としてはやや中途半端な形となって、発行部数もしだいに落ちてきた。

一方、碧梧桐は明治三十九、四十年、また明治四十二から四十四年と、二次にわたる全国行脚をこころみて、新傾向俳句を鼓吹《こすい》し、碧梧桐流の俳句を広めた。虚子はそういう俳句の情況に危機を感じ、明治四十五年七月に雑詠欄を復活、「ホトトギス」に俳句雑誌としての機能を回復させた。

大正時代にはいって、碧梧桐の提唱する新傾向が、俳句の定型を破り、季題を不要とする動きを見せはじめ、中塚一碧楼《なかつかいっぺきろう》、荻原井泉水《おぎわらせいせんすい》らもあいついで俳句の伝統から自由であることを主張するようになるにつれて、虚子は俳句の伝統を守る立場を鮮明にするようになった。また、そもそも俳句とはいかなるものであるのか、問い直してみたいという気持におかれていた人々も多く、この一冊はまさにそのような時期に書かれたものである。また虚子自身においても、小説を書くことに力点が移っているのを、もう一度俳句の世界にもどすために、初心に戻って、俳句の作り方を振り返ってみることが有効であった。時代の要請と個人の必要が重なり、一致するという幸運な状態にあったといえよう。それがこのような書物としては空前の売れ行きを示すことになったのである。

（三）

俳句の作り方としては、目次を見ただけでも、きわめてユニークな説き方がなされていることがわかる。〈一　まず十七字を並べること〉は、とにかく十七字を並べてみようというのだが、それだけでは拠り処がないだろうから、〈や〉〈かな〉〈けり〉のどれか一つを使い、さらに次に記す〈四季のもの〉のうちの一つを詠みこんでごらんなさい、といって二十五の語を挙げる。といってもなお、どんなにしたらいいのか見当がつかないといけないからと、次々に簡単なコメントとともに二十五句の俳句を作ってみせる。そこまでは、切字、季題といった俳句特有のいわば専門語は用いられていない。しかしその章の終わり近くなると、切字、季題といった言葉が堰《せき》を切ったように使われはじめる。

〈二　題を箱でふせてその箱の上に上って天地《てんち》乾坤《けんこん》を睨《ね》めまわすということ〉は、はなはだ要領の悪いタイトルのようである。どうでもいいから作ってごらんなさいといっても、それでも何か頼るところがなければ作りようがない、という人があるので、その〈たよるところのもの〉を一つ示そうというのである。これは芭蕉門下の許六《きょりく》がこういうことをいっていると虚子自身で明かしているところだが、たしかに去来《きょらい》・許六『俳諧問答』の中の、許六の「自得発明弁」に同趣旨の言葉が見られ、芭蕉の〈発《ほっ》句《く》は畢竟《ひつきよう》取合物とおもひ侍るべし、二つ取合《とりあわせ》て、よくとりはやすを上手と云也《いうなり》〉という言葉も引かれている。〈取合せ〉や〈配合〉という言葉を使えば簡単なのだが、それを避けるために、まわりくどくなったものである。芭蕉の門下では、許六が配合法を得意とした。虚子はここで、〈年玉〉という語を使って、それに〈雪〉〈泣声〉〈地震〉〈関寺小町〉〈高〉と、脈絡のないさまざまな語を取合せ、無造作に俳句に仕立てて見せるもので、たしかに〈年玉〉だけでは思いつかない趣向を得ることができている。これは自己の感興やら感動を重んずる作者からいえばまことにあきたらないものであろうが、俳句の方法の一つだというのである。

〈三　じっと眺め入ること〉も、芭蕉門下では去来が得意としたもので、当時の言い方の〈一物《いちもつ》仕立て〉や〈写生〉という語で説明すれば簡単だが、それを避けたためにまわりくどくなってしまっている。〈写生〉の語はすぐに使うのだが、〈一物仕立て〉は最後まで使わないから、ややわずらわしくなる。春浅いころ、虚子が鎌倉の神社の横手の二間幅ほどの溝の傍らに立って目に映ったこととして、綿密に描写を重ね、離れ浮いているように見える小さな浮葉が、実は水面下で一つの根に繋《つな》がっているのだということを発見したと書いている。〈一つ根に離れ浮く葉や春の水〉という一句になった過程がおどろくほど詳細に描写されているのだが、さらに〈水ぬるむ〉や〈春の水〉から〈種井《たねい》〉や〈畦焼《あぜや》く〉〈椿《つばき》〉などさまざまな季題に発展していくということを、俳句の実例をもって示している。

〈四　じっと案じ入ること〉。これも去来が得意であるとし、去来の〈湖の水まさりけり五月雨〉と、虚子自身の〈へご鉢の水まさりけり五月雨〉を比べて、〈へご鉢〉のほうは目前の事実でそのまま簡単に理解されるところだが、去来の句にいう琵琶湖《びわこ》の場合は、そのようなことが簡単にわかるはずはなく、自分の句と去来の句をくらべていかに去来の句がすぐれているかと縷々《るる》述べている。〈去来のは広大な湖水の趣や、降り続く五月雨の趣やにじっと案じ入って、去来の心が湖水のごとく広大に、また五月雨のごとく荘重に引き締められて、だいぶ心の上の鋳冶《ちゆうや》を経てこの句はできたものと考えられるのであります〉といっている。

(四)

以下はがらりと調子を変えて、埋字《うめじ》の部といえようか。〈五　埋字（一）〉は、初版では〈五　初心の時の句作法一つ〉となっており、埋字の語を使わないで埋字の説明をしている。子規と虚子の二人で、冬の東京郊外の三河島《みかわしま》あたりを散歩がてらの吟行をしている折り、子規が突然虚子に話しかけた。〈鍋提げて〉という上五文字に、下の十二文字をつけてごらんというのだ。そこで虚子はむこうのほうで田螺《たにし》でもとっているのか、二、三人の女たちがたんぼの中に踏み込んで、腰をかがめているので、〈鍋さげて田螺掘るなり町外れ〉と作って見せると、まあその程度にできれば上々だといった。次に〈大名をとめて〇〇〇の月夜かな〉を出題して、三文字分の植物名を埋めるように考えるということで、〈埋字〉と名付けられた。虚子はさまざまに工夫してみるのだが、〈牡丹《ぼたん》〉から〈芭蕉〉までは思いつきながら、古句がここには〈蘇《そ》鉄《てつ》〉を収めていると知って感嘆している。なお、この古句が何であるかは虚子は明らかにしていないが、維駒《いこま》編『五車反古《ごしゃほうご》』（天明三年刊）に見られる蕪村門の田福《でんぷく》の句である。この解説の後に、虚子は読者に三つの課題を出す。〈大蟻の〇〇〇〇〇〇〇暑さかな〉〈蟻の道〇〇〇〇より続きけり〉〈生きて世に〇〇〇〇〇〇〇〇〇〇〇〉の〇に文字を埋めること。

〈六　埋字（二）〉は、初版ではようやくここで〈六　埋字〉となっており、前章で募集した埋字の応募作品について、まず〈登る〉とか〈這《は》ふ〉とか蟻の行動を単純にあらわしたもの、次に多いのは蟻が食物を引くとか、巣を作る、戦うなどを述べたもの、次に暑さに重きを置いた着想など、大体においてその三種に納まってしまうが、それ以外にも想定外の案があって、それぞれ丁寧に感想を述べ、その上で原句は〈大蟻の畳をありく暑さかな〉であるとして、作者名の〈士朗《しろう》〉を明かし、その〈畳をありく〉がいかに優れているかを丁寧に説明する。しかしそれが断然いいのかといえばそうでもなく、ほかにもなかなかそれに迫るような案があることを丁寧に説明している。

次の出題は〈蟻の道雲の峰より続きけり〉が原句で作者は一茶《いっさ》である旨を記してから、さまざまな案を肯定的に詳しく考えようとしているところに特色があり、三番目の出題の原句は〈生きて世に人の年忌や初茄子〉であり、作者は〈几董《きとう》〉であると明かしている。

続く〈七　古い句を読むこと　新しい句を作ること〉の章は、新しいことは大切であるには違いないが、何が新しいかは、古いことを十分に研究した上でなければわかるはずはない、という。結論は簡単で、まず、古い句を読まなければならない。そもそも俳句は、小説のように新しい文芸というのではなく、比較的古い匂いのする伝統文芸であるから、しっかりと古い句を読まなければならないというのである。埋字論はもっぱら新しい句を作る工夫だが、この章をそえることによって、埋字に一つの重みが生ずることになる。

（五）

この〈埋字〉には、私には特段の思いがある。平成十年のころだったと思う。当時の「俳句」の編集長の海野謙四郎さんと、何かの会で顔を合わせたときのことだ。〈埋字をやってくれませんか〉といわれた。海野さんの口調は当然私が埋字の何たるかを熟知しているという感じだった。ところが私は何も知らなかった。いささか呆《あき》れ顔の海野さんは〈虚子の俳句の作り方って本にありましてね……〉といいかけて、ここでそれを全部説明するのは大変だと思ったらしく、〈あとでコピー送りますよ〉といってそそくさと消えてしまった。何日かたってやぶあつなコピーが来た。本書でいえば〈五〉と〈六〉の全文である。読んでみるとなかなかおもしろい。まじめに俳句の稽古《けいこ》になりそうだが、想像の力が写実を超えるという感じもある。実感よりも語《ご》彙《い》の多さが得をするという感じもある。そういうところがいささか異端でありそうなところもおもしろい。それにしても基本はきちんと物を見、気分を感じることが大切であろう。ともかく任せてもらって、平成十二年一月号に書き始め、第一回で出題して、その応募に批評するのは四月号になる。出題は江戸時代の俳句のあまり知られていないものから選んだ。それから五年間、平成十六年十二月号まで、角川書店（現在は角川学芸出版）発行の雑誌「俳句」に、毎号五ページ、「埋字の法」のタイトルで、私が出題して、読者の皆様から案をご投稿いただき、私としてはていねいに批評を加えて連載したものである。〈子規創案・虚子伝授〉という角書きに、〈俳句上達極意、やらなきゃそん〳〵〉というややくだけたキャッチコピーで示したように、この部分のアイディアをそのまま借りたもので、俳句の上達にはまことにてっとり早いだろうというささかの照れが、ふざけ気味の惹句《じゃっく》となったのだ。しかし私としてはけっこう真面目に努力をしていた。はじめはせいぜい二年、うまくいったら三年くらいのつもりであったが、やってみると意外におもしろく、しばらくは投稿が増え続けるのも楽しく、常連のおなじみの名前も増えてきて五年目にさしかかったころ、私もややくたびれてきて、五年いっぱいでの連載の終了を申し入れた。

そもそも古くからこれに類する漢詩や和歌を作るための入門書があり、おそらく子規も使ったことがあるだろう。それは生気のない型に嵌《は》まった言葉の集積だが、そういうシステムを俳句に応用したものであるらしい。漢詩や和歌が生気のない言葉によって、机上で練習する趣のあるものと違って、子規はそれを吟行の途中で虚子に教えようとした。子規は生きている実感とともにそこに当てるべき文字を探そうとしたのである。子規も虚子も真剣であった。

（六）

〈付録　俳諧談〉は、〈一〉から〈七〉までに書かれなかったことが、自由な筆致で書かれている。十七字の短さや季題と切字の必要性などを説いているのだが、その中で重要なことは、蕪村よりも芭蕉を重視していることである。〈例えば芭蕉の句になるとつまらぬ句も随分沢山ある。しかしながらそのつまらぬというのは表面がつまらぬのであって、その句を通して背後には一種の後光のようなものがある。あたかも仏様の後にある光背のごときものがそこにある。上っ面は平凡な句であるに関わらず、何遍も味わってみるとシットリと底のほうから味が滲《にじ》み出してくるごとく感じられるのは、すなわちこの仏様の光背に当たるところで、余はこれを背景のある俳句と呼びたいと思う。この背景のある俳句はいくらたってもその味は失《う》せない〉〈しかし子規その人は特に客観の句のほうを尊重して、この背景ある句というものを唱道しなかったのは、時勢の必要に応じたためでもあったろうが、けれども今日の我々から見ればあきたらぬ感じがする〉〈しかし今日我々からみると蕪村はとても芭蕉に及ばない。蕪村が芭蕉に及ばぬのはとりもなおさずこの背景論によって解釈が出来るだろうと思われる〉というところなど、子規を乗り越える論として注目されよう。

全体として、なりふりかまわずに熱心に俳句のコツを説くという感じがあって、そのところが大いに受けたのだろう。工房の秘密などといえば仰々しいが、料理名人の鮮やかな手さばきを見るような趣もあって、固唾《かたず》を飲んで見守るという感じのところもある。俳句作法書の傑作であると思う。

虚子はこれを書き終わってすぐ、『進むべき俳句の道』の連載をはじめる。はじめは俳句における主観を重んじているが、連載の途中から、客観重視に大きく路線を変更する。やがて昭和の新時代になると、あらたに花鳥諷詠《ふうえい》を唱えはじめ、それは激動の時代の中での俳句の免震装置のような機能を持つことになる。大正から昭和にかけての俳句に、つぎつぎに大胆な手を打ってきた虚子を支える大きな自信は、この一冊で手のうちをさらけ出してしまったこと、しかもそれが、長く現役として版を重ねつつあることと無関係ではあるまい。その後の俳句関係の著作のいずれを見ても、この一冊のようななりふりかまわぬといった感じのものはない。たとえば、古い俳句をもとにして説かれている埋字の方法は、俳句の修行として空前絶後のものである。しかし私の五年間の経験でいえば、はなはだ有効であり、今も共感を呼び起こし、可能性を多く含んでいると思う。この本を支えてきた多くの読者たちは、大胆に古句に穴を空けて、自分の力でそこを埋めて古句の作者と競ってみようという虚子の冒険に、強い共鳴を覚えたにちがいない。

現在、俳句の情況は、戦後の俳句を切り開いてきた多くの大家が世を去り、さまざまな論議があって、子規没後の俳壇に似ていなくもない。そもそも俳句とは何かという原点にもどって俳句を考えるために、その時代の忘れられている感のある一冊が本文庫にはいることは、意義深いものがあろう。

（やました・いっかい／俳文学者）

本書は、実業之日本社から『俳句の作りやう』（大正三年十一月五日）として刊行され、昭和二十七年四月十日に姉妹篇『俳句とはどんなものか』と合本で改版初版として同社から発行された。角川ソフィア文庫として刊行するにあたり改版初版を底本にし、新字新仮名遣いに改め、適宜ルビを付し、新たに山下一海氏の「解説」を付した。なお、執筆当時の社会情況を鑑み、今日では差別的表現とされる字句もそのままとした。（編集部）

俳《はい》句《く》の作《つく》りよう

高《たか》浜《はま》虚《きよ》子《し》

平成21年 7月25日　初版発行
令和7年 2月15日　39版発行

発行者●山下直久

発行●株式会社KADOKAWA
〒102-8177　東京都千代田区富士見2-13-3
電話　0570-002-301(ナビダイヤル)

角川文庫 15810

印刷所●株式会社KADOKAWA
製本所●株式会社KADOKAWA

表紙画●和田三造

Printed in Japan
ISBN978-4-04-409405-8　C0195

◆◆◇

角川文庫発刊に際して

角川源義

第二次世界大戦の敗北は、軍事力の敗北であった以上に、私たちの若い文化力の敗退であった。私たちの文化が戦争に対して如何に無力であり、単なるあだ花に過ぎなかったかを、私たちは身を以て体験し痛感した。西洋近代文化の摂取にとって、明治以後八十年の歳月は決して短かすぎたとは言えない。にもかかわらず、近代文化の伝統を確立し、自由な批判と柔軟な良識に富む文化層として自らを形成することに私たちは失敗して来た。そしてこれは、各層への文化の普及滲透を任務とする出版人の責任でもあった。

一九四五年以来、私たちは再び振出しに戻り、第一歩から踏み出すことを余儀なくされた。これは大きな不幸ではあるが、反面、これまでの混沌・未熟・歪曲の中にあった我が国の文化に秩序と確たる基礎を齎らすためには絶好の機会でもある。角川書店は、このような祖国の文化的危機にあたり、微力をも顧みず再建の礎石たるべき抱負と決意とをもって出発したが、ここに創立以来の念願を果すべく角川文庫を発刊する。これまで刊行されたあらゆる全集叢書文庫類の長所と短所とを検討し、古今東西の不朽の典籍を、良心的編集のもとに、廉価に、そして書架にふさわしい美本として、多くのひとびとに提供しようとする。しかし私たちは徒らに百科全書的な知識のジレッタントを作ることを目的とせず、あくまで祖国の文化に秩序と再建への道を示し、この文庫を角川書店の栄ある事業として、今後永久に継続発展せしめ、学芸と教養との殿堂として大成せんことを期したい。多くの読書子の愛情ある忠言と支持とによって、この希望と抱負とを完遂せしめられんことを願う。

一九四九年五月三日

没後50年記念出版

高浜虚子の世界

『俳句』編集部 編

子規以来の革新の
志を失わず、
近代俳句の王国を築いた
人間虚子と文学世界。

多彩な文学活動と人間的魅力について、
俳人・歌人・詩人ら百余名が書き下ろす。

回想の虚子／私の虚子論／虚子俳句鑑賞／
虚子文学の軌跡／忘れえぬ一句／座談会／
アンケート「私の虚子」／虚子著書目録／年譜

A5判並製　ISBN978-4-04-621400-3

角川ソフィア文庫ベストセラー

新編　日本の面影
ラフカディオ・ハーン
池田雅之＝訳

ハーンの代表作『知られぬ日本の面影』を新訳・新編集した決定版。「神々の国の首都」をはじめ、日本の原点にふれ、静かな感動を呼ぶ11篇を収録。

新編　日本の怪談
ラフカディオ・ハーン
池田雅之＝編訳

「耳無し芳一」「ちんちん小袴」をはじめ、ハーンが愛した日本の怪談を叙情あふれる新訳で紹介。ハーンによる再話文学の世界を探求する決定版。

禅とは何か
鈴木大拙

国際的に著名な宗教学者である著者が自身の永い禅経験でとらえ得た禅の本質をわかりやすい言葉で語る。解説＝古田紹欽

般若心経講義
高神覚昇

仏教の根本思想「空」を説明した心経を通して仏教思想の本質について語り、日本人の精神的特質を明らかにする。解説＝紀野一義

新版福翁自伝
福沢諭吉
昆野和七校訂

独立自尊の精神を貫き通す福沢諭吉の自叙伝。抜群の語学力で文明開化を導く一方で、勇気と人情に溢れた愉快な逸話を繰り広げる。解説・平山洋

新版　遠野物語
付・遠野物語拾遺
柳田国男

日本民俗学を開眼させることになった「遠野物語」。民間伝承を丹念にまとめた本書は、日本の原風景を描き出し、永遠に読み継がれるべき傑作。

新訳　茶の本
ビギナーズ　日本の思想
岡倉天心
大久保喬樹訳

日本美術界を指導した著者が海外に向けて、芸術の域にまで高められた「茶道」の精神を通して伝統的な日本文化を詩情豊かに解き明かす。

角川ソフィア文庫ベストセラー

数学物語 矢野健太郎

動物は数がわかるのか、人類の祖先はどのように数を理解していったのか。数学の誕生から発展の様子までを優しく説いた、楽しい数の入門書。

氷川清話付勝海舟伝 勝部真長＝編

幕末維新の功労者で生粋の江戸っ子・海舟が、自己の体験、古今の人物、日本の政治など問われるままに語った明晰で爽快な人柄がにじむ談話録。

源氏物語のもののあはれ 大野晋＝編著

『源氏物語』は、「もののあはれ」の真の言葉の意味を知ることで一変する。紫式部が「モノ」という言葉に秘めたこの物語世界は、もっと奥深い。

海山のあいだ 池内紀

自然の中を彷徨い風景と人情をかみしめる表題作をはじめ、山歩き、友の記憶……を綴るエッセイ。第10回講談社エッセイ賞受賞作。解説＝森田洋

ことばの処方箋 高田宏

さまざまな場面での言葉についての薀蓄を、包容力のある日本語のエネルギーを感じつつ、地に着いた言葉を愛する著者が明快に語るエッセイ集。

山岡鉄舟の武士道 勝部真長＝編

幕末明治の政治家であり剣・禅一致の境地を得た剣術家であった鉄舟が、「日本人の生きるべき道」としての武士道の本質と重要性を熱く語る。

耳袋の怪 根岸鎮衛　志村有弘＝訳

生前の恩を謝する幽霊、二十年を経て厠より帰ってきた夫――江戸時代の世間話を書きとめた「耳袋」から選りすぐりの怪異譚を収録。解説＝夢枕獏

角川ソフィア文庫ベストセラー

知っておきたい日本の神様　武光　誠

ご近所の神社はなにをまつる？　代表的な神様を一堂に会し、その成り立ち、系譜、ご利益、信仰のすべてがわかる。神社めぐり歴史案内の決定版。

知っておきたい日本の仏教　武光　誠

いろいろな宗派の成り立ちや教え、仏像の見方、仏事の意味などの「基本のき」をわかりやすく解説。日常よく耳にする仏教関連のミニ百科決定版。

知っておきたい日本の名字と家紋　武光　誠

約29万種類もある多様な名字。その発生と系譜、分布や、家紋の由来と種類など、ご先祖につながる名字と家紋のタテとヨコがわかる歴史雑学。

知っておきたい日本のご利益　武光　誠

商売繁盛、学業成就、厄除け、縁結びなど、霊験あらたかな全国の神仏が大集合。意外な由来、祈願の仕方など、ご利益のすべてがわかるミニ百科。

知っておきたい日本のしきたり　武光　誠

なぜ畳の縁を踏んではいけないのか。箸の使い方や上座と下座など、日常の決まりごとや作法として日本の文化となってきたしきたりを読み解く。

知っておきたい世界七大宗教　武光　誠

キリスト教、イスラム教、仏教、ユダヤ教、道教、ヒンドゥー教、神道。世界七大宗教の歴史、タブーや世界観の共通点と違いがこの一冊でわかる！

知っておきたい日本の神話　瓜生　中

「アマテラスの岩戸隠れ」など、知っているはずなのに意外にあやふやな神話の世界。誰でも知っておきたい神話が現代語訳ですっきりわかる。

角川ソフィア文庫ベストセラー

ビギナーズ・クラシックス
枕草子
角川書店編

中宮定子を取り巻く華やかな平安の宮廷生活を、清少納言の優れた感性と機知に富んだ言葉で綴る、王朝文学を代表する珠玉の随筆集。

ビギナーズ・クラシックス
おくのほそ道（全）
角川書店編

旅に生きた俳聖芭蕉の五ヵ月にわたる奥州の旅日記。風雅の誠を求め、真の俳諧の道を実践し続けた魂の記録であり、俳句愛好者の聖典でもある。

ビギナーズ・クラシックス
竹取物語（全）
角川書店編

月の国からやってきた世にも美しいかぐや姫は、求婚者5人に難題を課して次々と破滅に追いやり、帝までも退けた、実に冷酷な女性であった?!

ビギナーズ・クラシックス
平家物語
角川書店編

貴族社会から武士社会へ、日本歴史の大転換となる時代の、六年間に及ぶ源平の争乱と、その中で翻弄される人々の哀歓を描く一大戦記。

ビギナーズ・クラシックス
源氏物語
角川書店編

光源氏を主人公とした平安貴族の風俗や内面を描き、時代を超えて読み継がれる日本古典文学の傑作。この世界初の長編ロマンが一冊で分かる本。

ビギナーズ・クラシックス
万葉集
角川書店編

歌に生き恋に死んだ万葉の人々の、大地から沸き上がり満ちあふれるエネルギーともいえる歌の数数。二十巻、四千五百余首から約百四十首を厳選。

ビギナーズ・クラシックス
蜻蛉日記
角川書店編

美貌と歌才に恵まれながら、夫の愛を一心に受けられないことによる絶望。蜻蛉のような身の上を嘆きつつも書き続けた道綱母二十一年間の日記。

角川ソフィア文庫ベストセラー

角川ソフィア文庫ベストセラー

ビギナーズ・クラシックス 近代文学編
芥川龍之介の「羅生門」「河童」ほか6編
角川書店編
芥川の文学は成熟と破綻の間で苦悩した大正という時代の象徴であった。各時期を代表する8編をとりあげ、作品の背景その他を懇切に解説する。

ビギナーズ・クラシックス
更級日記
川村裕子編
物語に憧れる少女もやがて大人になる。ついに思いこがれた生活を手にすることのなかった平凡な女性の、四十年間にわたる貴重な一生の記録。

ビギナーズ・クラシックス
和泉式部日記
川村裕子編
王朝の一大スキャンダル、情熱の歌人和泉式部と冷泉帝皇子との十ケ月におよぶ恋の物語。秀逸な歌とともに愛の苦悩を綴る王朝女流日記の傑作。

ビギナーズ・クラシックス
古今和歌集
中島輝賢編
四季の移ろいに心をふるわせ、恋におののく平安の人々の想いを歌い上げた和歌の傑作。二十巻、千百余首から百人一首歌を含む約七十首を厳選。

ビギナーズ・クラシックス
方丈記（全）
武田友宏編
天変地異と源平争乱という大きな渦の中で生まれた「無常の文学」の古典初心者版。ルビ付き現代語訳と原文は朗読に最適。図版・コラムも満載。

ビギナーズ・クラシックス
土佐日記（全）
紀貫之
西山秀人編
天候不順に見舞われ海賊に怯える帰京までのつらい船旅と亡き娘への想い、土佐の人々の人情を、女性に仮託し、かな文字で綴った日記文学の傑作。

ビギナーズ・クラシックス
新古今和歌集
小林大輔編
後鳥羽院が一大歌人集団を率い、心血を注いで選んだ二十巻約二千首から更に八十首を厳選。一首ずつ丁寧な解説で中世の美意識を現代に伝える。

角川ソフィア文庫ベストセラー